魔力的胎動

Laplace's Movement

Higashino Keigo

東野圭吾

魔力的胎動

Laplace's Movement

CONTENTS

Laplace’s Movement 第一章

迎著那陣風飛翔

1

倒三角形的後背完全沒有贅肉，完美的背部肌肉勾勒出流暢的曲線。那由多每次看到他的背，都會聯想到飛機的機翼，忍不住覺得他的後背不僅具備了力量，還能夠在空氣中產生浮力。

他趴在床上，那由多的雙手輕輕從他的後背撫向腰部，立刻察覺到不對勁。

「怎麼樣？」躺在床上的他——坂屋幸廣問。

「左側有點發炎。」

「果然是這樣。」

那由多的雙手從腰部滑向兩腿。

「左側整體都很緊繃，是不是為了保護右側膝蓋？」

坂屋嘆了一口氣，他的後背起伏了一下。

「是啊，上次體力測驗時，教練也這麼說，右側的肌力好像比之前退步了，所以我會不知不覺地不敢用力，不光是比賽的時候，在日常生活中也一樣。雖然我已經提醒自己要注意了。」

坂屋的右腿膝蓋在五年前受了傷，他沒有接受手術，一直撐到今天。

「不知不覺這件事最麻煩。」

「沒錯，但也沒辦法，我已經是滿身是傷的老骨頭了，憑我這種身體和年輕人較勁，根本是天方夜譚。」

坂屋又開始說喪氣話。每次遇到他說這種話，那由多的回答都一樣。

「你別謙虛了，每次都這麼說，但在比賽時，還是想站上領獎台，而且是最中間的位置。」

照理說，聽到那由多這麼說，坂屋應該很有自信地回答：「是沒錯啦。」但今天不一樣，他繼續趴在床上沒有吭氣。

那由多並沒有問他：「你怎麼了？」因為運動員的內心世界都很複雜。

「那我就開始了，請你向左側躺。」

坂屋挪動身體時，那由多打開了放在旁邊的皮包。皮包裡放著他的生財工具。那是好幾十根灸針。那由多是針灸師。

昨天晚上，接到坂屋的電話，詢問能不能為他針灸。接到電話時，那由多就感到有點不太對勁。因為坂屋的聲音聽起來沒有平時的霸氣。原本以為他的身體狀況很差，但來到這裡診察之後，發現並沒有想像中那麼嚴重。他的狀況似乎的確不太好，看來不光是因為身體的關係。

那由多為他身體表面消毒後，小心翼翼地把灸針插了進去。如果是普通人，將灸針插進患部時，可以感受到好像肌肉纏住灸針般的阻力，但頂尖運動員的優質肌肉幾乎不會有這種情況。灸針可以順利插入，完全感受不到任何阻力，但這並不代表沒有異狀，在肌肉深處，存在著只有當事人才知道的微小患部。當灸針插到患部時，指尖才終於隱約感受到異狀。

坂屋不時輕輕發出呻吟，可能是針尖刺激到他的神經。那由多為坂屋針灸已經三年，非常瞭解他的患部位置。

因為他針灸很仔細，所以花了將近一個小時，然後把最後一根針插進左手大拇指根部。

「謝謝，不好意思，臨時請你過來。」坂屋在穿衣服時道謝。

「沒關係，請隨時吩咐。」

「希望身體可以稍微恢復活力，」坂屋微微偏著頭，「但感覺有點……杯水車薪。」

那由多停下收拾的手說：「你難得這麼沒自信啊。」

「我只是開始務實思考而已。」

「務實……」

這時，傳來敲門聲。門雖然關上了，但可以自由打開。

「請進。」坂屋說。

門打開了，筒井利之走了進來。他還是老樣子，方正的臉因為打高爾夫而曬得黝黑，POLO衫外穿了一件羽絨衣。

「結束了嗎？」他問那由多，坂屋似乎把針灸的事告訴了他。

「剛結束。」

「感覺怎麼樣？」

「嗯……」那由多看著坂屋，有點猶豫。

「你不必顧慮，」坂屋苦笑著說，「我也想聽聽看。」

那由多點了點頭，停頓了一下後開了口。

「肌肉相當疲勞，而且我認為不是短期的疲勞，而是多年累積造成的。」

「也就是所謂的積勞成疾。」坂屋嘟著嘴唇。

「但你還年輕，對比賽並沒有影響。」

「希望如此。」

「別這樣，既然有名醫掛保障，你應該稍微振作點。」筒井皺著眉頭激勵他，「走吧，已經準備好了。」

「說句心裡話，我現在不太想看。」坂屋顯得意興闌珊。

「怎麼可以逃避？不瞭解自己，怎麼可能在比賽中獲勝？」

坂屋抓著頭，重重地嘆了一口氣後站了起來，「那好吧。」

「要幹嘛？」那由多看著筒井。

「上次比賽的分析結果出爐了，工藤，你要不要一起去？」

「可以嗎？」

「如果你有時間的話。」

「我很樂意。」

那由多穿上了登山夾克。

三個人走出房間，走向電梯。從走廊上的窗戶向外看，發現外面飄著小雪。時序已經進入三月，這裡仍然是冬天。

「不知道下次比賽的天氣怎麼樣。」那由多問。

「不知道。」筒井邊走邊偏著頭說，「天氣預報說是晴天，氣溫也會上升。」

「南風嗎？」坂屋咂著嘴，「那個跳台的順風很可怕，搞不好沒機會了。」

走出飯店後，走去停車場。道路兩旁的雪堆得很高，微風輕輕吹來，就把耳朵吹得很痛。

筒井的車子是廂型車，坂屋坐上副駕駛座後，車子緩緩駛了出去。那由多開著小型休旅車跟在後方。因為是四輪驅動車，所以行駛在雪地上也很穩。

他們正前往筒井工作的地方——北稜大學。他是北稜大學的副教授，專門研究流體力學。

跟著筒井的車開了五分鐘左右，道路右側出現了巨大的斜坡，那是高跳台滑雪的跳台，週六和週日，坂屋就要挑戰那個跳台。

希望只有坂屋跳的時候可以吹適合的風。那由多忍不住想道。

2

入口的門上貼著寫了「流體力學研究室」的牌子。

「雖然不怎麼整潔，但你們隨便找地方坐。」筒井說完，把脫下的羽絨衣放在旁邊的桌子上。

研究室內有一塊白板，一張很大的實驗台，還有文件櫃，中間還有各式各樣的儀器，的確很難說是整潔。一旦發生火災，恐怕很難逃命。

筒井不知道從哪裡拿來了筆電，放在實驗台上。看到坂屋在電腦前坐下後，那由多也在他旁邊坐了下來。

筒井打開筆電的電源，在鍵盤上操作起來。不一會兒，螢幕上出現了跳台的起跳點，德文稱為「Kante」。

「首先看去年的影片，那是你狀況比較好的時候。」

筒井的手指伸向鍵盤時，電話響了。是研究室的市內電話。

「不好意思。」筒井說完，離開實驗台，拿起了辦公桌上的電話。

「喂……是，我就是筒井……客人？誰？……女生？啊？……不，我沒有約任何人，可能搞錯了……好。」筒井用手按著電話，一臉訝異地轉頭看向那由多他們，「是警衛室打來的，說有年輕女生說要見我。」

「女生？是誰啊，真可疑。」坂屋不懷好意地笑了起來，「該不會是酒店小姐上門來收你欠的酒錢？」

「根本沒這種東西──啊，好。」筒井又繼續對著電話說了起來。「……我認識她父親？她父親姓什麼？……羽原？喔，原來是這麼回事，我瞭解了……好，可以讓她進來，可以請你叫她來研究室嗎？麻煩你了。」筒井掛上了電話。

「熟人的女兒？」

筒井聽到坂屋的問話，點了點頭。他說的熟人是開明大學醫學院一個姓羽原的人。

「雖說是熟人，但其實只有去年見過一次而已，在沖繩舉辦國際科學高峰會的時候認識的。」

「喔，」那由多努力回想，「我曾經聽說過，好像世界各地各方面的科學家都去參加。」

筒井聳了聳肩說：

「你這麼說，聽起來好像是很了不起的國際會議，但其實只是向世界展現日本具有高度科學水準，所以連我這種程度的研究人員也受到了邀請。只不過羽原博士就不同了，他是大才腦科學家，的確足以代表日本的腦外科醫生。」

「這麼了不起的人的女兒來找你幹嘛？」

筒井抓了抓鼻翼說：「八成是龍捲風的事。」

「龍捲風？」

「七年前，北海道曾經發生威力驚人的龍捲風，造成了極大的危害。當時，我也加入了調查團，我的工作是從流體力學的角度分析危害狀況。別看我這樣，那才是我的本職工作。我隨口向羽原博士提起這件事，他突然臉色大變。一問之下才知道，他太太在那場龍捲風中身亡。」

坂屋瞪大了眼睛，「真可憐……」

「當時並沒有多聊，但幾天前，接到羽原博士的電話，說他女兒對我的研究產生了興趣，問我能不能和她聊一聊，所以我就回答說，隨時都歡迎，沒想到她真的來了。」

筒井不知所措地偏著頭時，傳來敲門聲。筒井大聲說：「請進。」

門緩緩打開，一個穿著連帽保暖外套的女生走了進來。她看起來好像高中生，也許是因為臉很小的關係，一對鳳眼令人印象深刻，一頭長髮從毛線帽下垂了下來。

她拿下帽子打招呼說：「午安。」然後對筒井說：「不好意思，突然上門打擾。」

「那倒沒關係。呃，請問妳是羽原博士的千金嗎？」

「對，我叫羽原圓華。」

她鞠了一躬，從夾克口袋裡拿出一張長方形的紙。筒井接了過來，那由多伸長脖子一看，發現是手寫的名片，上面寫著「羽原圓華」。

筒井可能覺得只收對方的名片不好意思，也從辦公桌抽屜裡拿出名片交給她。

「聽我爸爸說，他和你曾經在國際科學高峰會上見過面。」圓華看著筒井的名片說。

「是啊，我剛才也正在和他們聊這件事。」

「老師，」坂屋站了起來，「這位小姐好像有重要的事找你，那我就先告辭了。」

「不，離比賽剩下沒幾天了，你無論如何都要在今天看一下。」筒井說完，轉頭看著圓華說：「不好意思，可以請妳等我一下嗎？那裡有椅子，妳先坐一下。」

「好，不好意思，我好像打擾到你的工作了。」

「不必放在心上。」坂屋搖了搖手，「對老師來說，跳台滑雪不是工作，而是他的興趣。」

「嗯，我並不否認。」筒井回到實驗桌旁，「剛才說到哪裡了？啊，對了，這是你去年狀況不錯時的影片，你先看一下。」

他操作筆電鍵盤後，影片動了起來。一名蹲伏姿勢的選手出現在左側，縱身一躍，飛出了起跳點，隨即從螢幕上消失了。

「接著再來看上次比賽時的影片。」

筒井動作熟練地在觸控板上滑動手指，和剛才不同的另一部影片立刻開始播放。影片的畫面雖然也是跳台的起跳點，但周圍的風景不一樣。

和剛才一樣，選手從左側出現，在起跳點起跳後飛了出去。兩名選手看起來都是坂屋，但那由多完全看不出兩次姿勢有哪裡不同。

「你覺得怎麼樣？」筒井問坂屋。

坂屋愁眉不展地沉默片刻後說：「可以讓我再看一次剛才和現在的影片嗎？」

筒井操作筆電，螢幕上連續重播了兩段影片。

坂屋抱著雙臂發出低吟。光看他的表情，無法判斷他是否察覺到自己的姿勢有哪裡不同。

「上半身太早向前傾了。」

意想不到的聲音打破了沉默。

因為太意外，那由多一時不知道那個聲音從哪裡傳來，也不知道那個聲音在說什麼。另外兩個人似乎也一樣，他們互看了一眼之後，才看向圓華。她尷尬地低下了頭。

「妳剛才說什麼？」坂屋問。

圓華抬起頭，輕輕吐了一口氣說：「我說上半身太早向前傾了……」

「哈哈哈。」坂屋發出奇怪的笑聲，「老師，你有沒有聽到？連普通的女生都看出來了。我看我的氣數也差不多了，真的該退休了。」

筒井不知道該如何回答。那由多見狀，忍不住開了口。

「坂屋先生，什麼意思？她剛才說的是……」

「她說對了。」坂屋用冷靜的口吻說，「上半身太早向前傾了——就是這麼一回事。我正打算說，沒想到被她搶先了。既然連外行人也一目瞭然，看來我真的沒救了。」

「不，但是，」那由多看著電腦螢幕，搖了搖頭，「我看不出來，我看不出你狀況好的時候和現在的姿勢有什麼不同。」說完，他轉頭看著圓華說：「妳真的知道兩者的差異嗎？是不是隨便亂猜？妳老實說。」

她微微皺了皺眉頭，猶豫了一下後開了口。

「我只是把憑直覺想到的事說出來而已。」

「這就叫亂猜——坂屋先生，你也聽到了？她並不是真的瞭解狀況才這麼說。」

「對不起，我會閉嘴。」圓華賭氣地低頭說。

「妳不需要道歉。」坂屋說完，看向那由多，「不能輕視外行人的直覺，正因為不瞭解不必要的事，所以才能一針見血。你看過很多跳台滑雪，也瞭解原理，所以有時候反而看不到關鍵的部分。」

坂屋說完後，又徵求筒井的意見，「對吧？」

「既然你知道是這樣，就不必因為她指出你姿勢的缺點而感到悲觀。而且缺點很明確，就意味著有可能解決，因為只要改正缺點就好了。」

筒井操作電腦，將兩次起跳動作的分解圖分別顯示在螢幕的上下方。接著，又操作了一下，將拍攝了坂屋身影的相片，變成身體和手腳分別用直線表示的線形圖。

筒井逐一說明了每一張線形圖，並比對了其他選手的數據，詳細指出了坂屋目前姿勢的缺點。那由多在聽的同時做筆記，最後終於瞭解圓華剛才說的那句「上半身太早向前傾了」完全正確。

坂屋聽完筒井的說明後，重重地嘆了一口氣。

「雖然我覺得自己都是以相同的姿勢起跳，但感覺有微妙的不同。感覺一旦失去，就沒那麼容易找回來。」

「那就做充分的想像訓練。」

「嗯，我會試試。」坂屋站了起來，看了一眼手錶後，拿起脫在一旁的保暖大衣，「等一下要開會，我先回合宿中心。」

「啊，那我送你。」那由多說。

「不用了，有巴士。老師，那就改天見。」

「我明天會去看你練習。」

坂屋輕輕舉起一隻手，又向圓華點了點頭，走出了研究室。

筒井抱著雙臂說：「看來不太妙，他的士氣很低落。」

「這次不像他平時的樣子，之前無論狀況再差，到了比賽之前，他說話都很有自信。」

「以前他總是虛張聲勢說大話，然後自己也信以為真，在比賽時真的激發了潛力，但現在無法再像以前那麼篤定了。照目前的情況，這一季的比賽也無法贏任何一場。他已經三年沒贏了，心裡應該很焦急。」

那由多看著電腦螢幕說：「希望這個分析結果能夠發揮作用。」

「是啊。」筒井小聲嘀咕後，那由多聽到背後傳來一個聲音。

「不可能。」又是圓華。

那由多轉過頭，皺起了眉頭。「為什麼？」他說話的聲音也忍不住變得很尖。

「因為他身體失去了平衡。」

「平衡？」

「身體左右的平衡。因為失去平衡，所以起跳變慢。他自己也在無意識中預料到這件事，所以上半身就向前傾，試圖靠這個動作彌補。」圓華指著筆電說，「在這種情況下，不可能順利借助風力。」

「妳只是重複老師說的話而已，別一副自以為了不起的樣子。」

「不，我並沒有提到身體的平衡。」筒井看著圓華問：「妳為什麼這麼認為？」

「為什麼……因為看他走路的樣子，就這麼覺得。」她又接著說，「我想原因應該在他的右腿上，可能是……膝蓋。他的膝蓋以前是否受過傷？」

那由多瞪大了眼睛，「妳看得出來嗎？」

她雖然沒有點頭，但緩緩眨了眨眼睛。

「怎麼可能？這次真的是亂猜吧？」

「你不相信也沒關係，反正和我無關。對了——」她看著筒井問：「老師，請問你的工作還沒結束嗎？」

「啊，不，」筒井單手敲打著筆電的鍵盤，「我該做的事已經結束了。呃，工藤，怎麼樣？你有什麼想問的嗎？」

「沒有。」那由多拿起夾克，站了起來。

「我先告辭了。老師，你明天會去看練習嗎？那我也去好了。」

「你不回東京沒問題嗎？」

「沒問題。因為我來這裡時說，可能要星期天才能回去。」

「是嗎？那請你務必一起去。」

「好，那就明天見。」

「嗯，那就在跳台下見。」

那由多穿上夾克，走向門口。他瞥了圓華一眼，她的頭轉向一旁。

「我先走了。」那由多向筒井打招呼後，走出了研究室。

3

那由多在這裡逗留時，通常都住在同一家飯店。雖然離滑雪場有一段距離，但這家飯店的特色是餐點好吃，而且價格很便宜。

隔天早晨，他七點半起床。漱洗完畢後，拿著早餐券走出房間。早餐在一樓的餐廳用餐，他在餐廳門口遞上早餐券，走了進去。這裡是自助式早餐，可以根據自己的喜好，挑選桌上陳列的各種料理。雖然目前是滑雪季，但並沒有太多客人，才十幾個人而已。

那由多把味噌湯裝在碗裡時，一個客人走到他旁邊。他把裝了味噌湯的碗放在托盤上，把杓子遞給旁邊的客人說：「我用完了。」但隨即發出「啊！」的驚叫聲。

那個人也同樣大吃一驚，原本伸出來準備接杓子的手停在半空，瞪大著眼睛，整個人都愣在那裡。

她是羽原圓華。穿了一件合身的連帽衣，讓她苗條的身體看起來更瘦了。

「妳也住在這裡嗎？」

「筒井老師介紹的，說這裡的房價很合理，而且應該也很好預約。」

「妳和朋友一起嗎？」

「沒有，我一個人。」圓華開始裝味噌湯。那由多看著她放在一旁的托盤，發現她裝了荷包蛋、培根和沙拉。

「那要不要一起吃？我也一個人。」

她抬頭看著那由多，輕輕點了點頭。

旁邊的桌子剛好空著，他們面對面坐了下來。圓華合掌說了聲：「我開動了。」拿起了筷子。

「我還沒自我介紹，我姓工藤，工藤那由多，晚一點拿名片給妳。」

圓華拿著筷子，抬起頭問：「那由多？」

「是不是很奇怪的名字？雖然有漢字，但妳只要用片假名記住發音就好，名片上印的也是片假名。」

圓華稍微想了一下後問：「是阿僧祇後面那個？」

「啊？」

「億、兆、京、垓、秭、穰、溝、澗、正、載、極、恆河沙、阿僧祇、那由多、不可思議、無量大數。」她一口氣說完後問：「是不是阿僧祇後面，不可思議前面的那由多？」

那由多眨了眨眼睛，看著她的臉問：「妳記得這些？」

「只是剛好記得，我說的對嗎？」

「對，妳說的沒錯，就是那個那由多。」

「我就知道。」圓華嫣然一笑，把沙拉裡的小番茄送進嘴裡。

那由多。她剛才像唸咒語般唸出的那些文字，都是數字的單位，從「億、兆、京」開始，最後是「恆河沙、阿僧祇、那由多、不可思議、無量大數」，他的名字正是其中的「那由多」這三個字。

「這是你的本名嗎？」圓華繼續問道。

「當然啊。」

「誰幫你取的？」

「我媽。」

「是喔，真是個好名字。」

「我只是覺得很少見，但很不錯吧？因為是十的六十次方。」

「也有人說是七十二次方。」

那由多忍不住驚訝，她竟然連這種事都知道，「反正就是很大的數字。我告訴自己，這是我媽對我的期待。」

圓華用一雙讓人聯想到貓的眼睛注視著那由多後說：「那就好。」然後又繼續吃早餐。

「我要怎麼叫妳？我記得妳叫羽原圓華？」

「隨便你怎麼叫？」

「叫圓華妹妹好像有點裝熟，那叫妳圓華，妳覺得怎麼樣？」

「你高興就好。」

「那就這麼辦。圓華，我有幾個問題想要問妳。」

「你問啊，只是不知道我有沒有辦法回答。」
「沒問題。我先問第一個問題，妳怎麼知道坂屋先生的右腿膝蓋有舊傷。」
圓華看了他一眼問：「你不是認為我是亂猜的嗎？」
那由多皺著眉頭。
「我為昨天那樣指責妳道歉，但正因為事後覺得不可能，所以現在才會問妳。妳說對了，坂屋先生幾年前右腿膝蓋受了傷，而且目前仍然沒有痊癒。請妳告訴我，妳怎麼會知道？」
「你問我為什麼，我也不知道要怎麼回答。我只能說，反正我就是知道，就好像看到荷包蛋，就會說中間是黃色一樣。」
「妳只要看到別人的身體，就知道哪裡受了傷嗎？」
「有時候可以看出來，但也有很多時候不知道。」她舉起筷子，在半空中寫了一個叉，「說明起來太麻煩了，所以這個問題就到此結束。」
「等一下。」
「如果你妨礙我吃早餐，那我移去其他桌子吃。」
那由多嘆了一口氣，開始吃烤魚。
「好吧，那我換一個問題，妳是從哪裡來的？」

「東京，但你不要再繼續問是東京的哪裡。」

「聽說妳有事來找筒井老師，妳的事情搞定了嗎？」

「正因為沒有搞定，所以現在還在這裡。今天要再和老師見面。」

「今天？我想妳昨天應該也聽到了，老師要去看跳台滑雪的練習。」

「我知道，所以等練習結束後，老師會來這裡接我。問題在於我要怎麼打發這段時間。」

「既然附近有滑雪場，妳要不要去玩滑雪？單板滑雪或是雙板滑雪都可以。」

「我都沒有玩。」

她搖頭時，一個男性員工從他們身旁經過。他手上拿著疊得高高的玻璃杯，看起來很危險，但他應該習以為常了。然而，正當那由多這麼想時，發生了意外。一個小男孩不知道從哪裡衝出來，撞到了男性員工的手肘。他努力保持平衡，但已經來不及了。高高疊起的玻璃杯好像比薩斜塔一樣傾斜著。

下一剎那，玻璃杯在地上打破了。隨著巨大的聲響，無數玻璃碎片向周圍四濺。

另一名員工拿著掃把跑了過來，和打破杯子的員工一起向周圍的客人道歉，同時開始清理玻璃碎片，還提醒客人「請不要光腳在地板上走路」。

他們也來到那由多和圓華身旁，檢查地上是否有碎片。可能沒有發現任何碎片，所以準備離開。

這時，圓華開了口：「他後面。」

拿著掃把的員工轉過頭。

「他右腳後方應該有兩塊碎片。」圓華用左手指著那由多，右手動著筷子說道。

那名員工繞到那由多身後，說了聲：「真的有欸！」然後用掃把掃了起來。那由多看到玻璃碎片掃進了畚箕。

圓華若無其事地繼續吃早餐。那由多看著她，忍不住納悶，她到底是何方神聖？顯然不是普通的女生。

「我吃飯有什麼奇怪的地方嗎？」圓華停下筷子問。

「不，沒什麼奇怪，怎麼了？」

「因為你一直盯著我。」

「喔。」那由多點了點頭，「對不起，我在發呆。不過，我想和妳商量一件事，妳要不要一起去參觀跳台滑雪的練習？」

「跳台滑雪？」

「對，妳以前看過嗎？」

「沒有。」

「既然這樣，要不要一起去？跳台滑雪很痛快，活生生的人飛向空中，很值得一看。」

圓華皺著眉頭，露出思考的表情。

「我覺得，」她開了口，「那不是飛，而是在墜落。」

那由多這下子真的啞口無言。她說的完全正確，那由多無言以對。

「那也沒關係啊。」那由多豁出去了，「會墜落超過一百公尺的距離，從某種意義上來說，比飛更加厲害。」

「嗯，」圓華面無表情地嘀咕，「那倒是。」

「可不是嗎？難道妳不想看看嗎？去看看吧，反正妳不是也閒著沒事嗎？更何況如果妳去那裡，筒井老師就不必特地來這裡接妳了。」

圓華點了點頭，「好吧，既然你這麼說，那就一起去吧。你有車嗎？」

「當然。」那由多豎起大拇指。

4

「我原本以為是更大的車子。」坐在副駕駛座上的圓華抱怨著。

「平時都是我一個人開車，所以沒在意副駕駛座坐起來舒不舒服。」那由多在回答的同時，操作著方向盤。

「這輛車子是品川的車牌，所以你是從東京來這裡？一路開過來很辛苦吧？」

「我還曾經去更遠的地方出差，因為全國各地都有我的客人。」

「客人是？」

「針灸的病患。」

「針灸？」

「就是中醫的針灸治療。我是針灸師，坂屋先生也是我的客人。」

「原來是針灸啊，我原本以為做這種工作的都是一些老爺爺。」

那由多噗哧一聲笑了起來。

「針灸師也有年輕的時候，但從某種意義上來說，妳說的也沒錯。雖然我說全國各地都有我的客人，但其實他們都是我師父的病人，我師父已經八十幾歲了，腰腿都開始有問題，所以由我這個徒弟出差服務這些客人。」

「是喔，原來是這樣。」圓華似乎沒有太大的興趣。

那由多邀她一起去參觀跳台滑雪並沒有特別的理由，如果硬要說原因，那就是希望多瞭解她。她一眼就看出了坂屋目前狀況不佳的原因，還發現了他膝蓋的舊傷，甚至看到了散落在地上的玻璃碎片，這些都不像是巧合。那由多覺得和她多相處一段時間，或許可以稍微瞭解她的神祕。

前方出現一個巨大的跳台。今天是晴天，幾乎沒有下雪。在藍天的背景襯托下，跳台讓人聯想到白色的碉堡。

停車場內有許多廂型車和休旅車，應該是準備參加下一場比賽的選手，還有選手相關的人員開來這裡的車輛，有些車子的車身上寫了比賽隊伍的名字。

那由多穿著登山服，斜背起肩背包走下車。圓華也跟著他下了車。她戴著毛線帽。

練習已經開始，選手一個接一個從空中飛落。站在下方時，可以看到選手飛向空中，但看不到選手起跳，所以感覺選手是從跳台的起跳點一下子衝出來。圓華似乎也被眼前的氣勢震懾，她抬頭仰望著，一句話都沒說。

那由多在可以近距離看到著陸坡的觀眾席上看到了筒井和坂屋。筒井穿著昨天那件羽絨衣，坂屋穿著藍色專業滑雪服。兩個人坐在一起，不知道在聊什麼。

那由多走過去時，筒井發現了他，舉起一隻手。那由多剛才在電話中告訴他，會帶圓華一起過來。

「早安。」那由多向他們打招呼後問坂屋：「腰的情況怎麼樣？」

坂屋左右扭動身體後點了點頭說：

「多虧了你，我覺得好點了，不愧是神之手的徒弟。」

「過獎了。」

「接下來就要靠我的技術了，這件事上，任何名醫都幫不上忙。」

「別這麼說，請你好好加油。」

「嗯，我會盡力啦。」

坂屋戴起手上的頭盔，扛著原本豎在一旁的滑雪板離開了。他的背影感受不到絲毫的霸氣。

「希望他可以找回平時的感覺。」筒井嘀咕道。

「只要改正姿勢的缺點就可以了，對嗎？」

「的確是這樣，但知易行難，也許需要某種契機。」

「契機？」

「任何契機都沒問題，也許是僥幸來一次大跳躍，跳台滑雪的選手經常會因為一些微不足道的小事回想起訣竅。」

「僥幸……喔。」

「但是，」一旁的圓華開了口，「也許值得期待。」

「為什麼？」那由多問。

她指著走向纜車站的坂屋說：

「因為他身體左右的平衡改善了，比昨天好多了。是不是針灸的效果？如果是這樣，你真的太厲害了。」

聽到圓華這麼直截了當的稱讚，那由多反而有點不知所措，「那就謝謝了……」他想不到其他可以說的話。

「那個纜車誰都可以搭嗎？還是只有選手才能搭？」

「不，只要付錢，誰都可以搭。」

「是喔。」圓華說完，邁開了步伐。她似乎打算去搭纜車。

「真是個奇怪的女生。」筒井小聲說道。

「老師，你也這麼覺得嗎？」

「是啊，完全不知道她在想什麼，卻覺得她好像完全看透了我的想法。這麼說可能有點失禮，但老實說——」筒井停頓了一下後，繼續說了下去，「心裡有點毛毛的。」

「她說昨天的事還沒有搞定。」

「是啊，她說想要看有關那次龍捲風的調查報告。因為是七年前的事，我的記憶有點模糊，所以昨天告訴她，我會確認相關資料和照片，在腦袋裡重新整理之後，再告訴她詳細情況。」

「原來是這樣。」

「她似乎也遭遇了那場龍捲風。」

「啊？所以，她媽媽去世的時候……」

「她好像也在場，而且親眼看到她媽媽斷氣。」

那由多聽了，一時說不出話，看向前方的纜車。圓華坐在纜車上，即將到達最頂端。

5

三十分鐘後，圓華下來了。筒井去了起跳點旁的教練區。

「情況怎麼樣？」那由多問她。

「有各式各樣的選手，跳躍的方式也都不一樣，很好玩。」

那由多聽到她輕鬆的回答，再度感到驚訝。每個選手的跳躍姿勢的確有各自的個性，但外行人根本看不出來，只不過那由多現在已經知道，她並不是隨便亂說。

「妳看到坂屋先生跳下來嗎？」

「看到了，還不錯，只不過不可能得冠軍。」

「為什麼？」

「因為有好幾名選手比他更厲害啊，據我的觀察，至少有三個人。」圓華豎起三根手指，「尤其是在坂屋先生後面的後面那名選手特別厲害，他很可能是冠軍。」

那由多忍不住感到佩服。她的判斷完全正確，坂屋目前的實力的確在第四或第五名左右。

「妳覺得該怎麼辦？」

「不知道。」圓華聳了聳肩，「只能說，希望他跳躍的時候姿勢更好，要更合理，可以跳得更遠的姿勢，但正因為做不到，所以他自己也在煩惱吧。」

雖然她說的這番話很狂妄，也很直截了當，但不知道為什麼，那由多並沒有覺得不悅，只是想起筒井剛才說「心裡毛毛的」這句話。

圓華看向那由多後方。那由多回頭一看，發現坂屋正在和一個年約三十的女人說話。女人旁邊有一個年幼的男孩，應該還沒上小學。

坂屋一臉溫和的表情摸了摸男孩的頭，扛著滑雪板邁開步伐。他似乎正準備走去纜車站。那個女人和男孩也一起走了過來，不一會兒，就來到那由多他們的面前。

「我來介紹一下，這是我老婆京子，這是我的獨子宗太。」說完，他轉頭看向太太說明：「他是經常為我針灸的針灸師工藤。」

「妳好。」那由多向坂屋的太太鞠了一躬。
「謝謝你一直照顧外子，這次又麻煩你特地從東京趕過來，真的很抱歉。」圓臉的坂屋太太感覺很文靜。
那由多也向男孩打了招呼，男孩緊緊抱著媽媽的腿，小聲地回答：「你好。」
「一會兒見。」坂屋說完，繼續走向纜車站。
「我記得你們住在北海道的小樽，特地來這裡為妳先生加油嗎？」那由多問坂屋太太。
「對啊。」她小聲地回答，「其實很久沒有來為他加油了，即使在北海道比賽時也沒去。」
「啊，是這樣嗎？」
「結婚前和剛結婚時，每次都會去為他加油。這個孩子出生之後，有點分身乏術，而且，他也叫我不要去。」
「坂屋先生叫妳不要去？為什麼？」
坂屋太太尷尬地低下了頭，露出落寞的笑容。
「雖然他沒有明說，但我相信是因為他沒有自信可以贏，所以不希望我們看到他在比賽中成績不理想。」
那由多低頭看著男孩問：「他幾歲了？」

「前一陣子剛滿四歲。」

「所以，他該不會從來沒看過坂屋先生跳……？」

「從來沒看過，而且這孩子完全不知道爸爸是跳台滑雪選手，因為我老公在家裡從來不提這件事，所以他以為爸爸是送披薩的。」

「送披薩的？為什麼？」

「因為有一次，我老公帶了跳台滑雪用的頭盔回家，這孩子看到之後，問我爸爸是不是送披薩的。因為送披薩的店員不是經常戴著安全帽嗎？結果我老公聽到之後，就說自己是在天上飛的披薩店店員，這孩子就完全相信了。」

雖然那由多覺得很可笑，但也不是不能理解坂屋先生的心情。因為他已經好幾年沒有贏得冠軍了，無法驕傲地說自己是跳台滑雪選手，所以才會用那種自虐的方式回答兒子。

「但這次你們來了。」

「是啊。」坂屋太太說，「雖然我老公還是叫我們不要來，但我很堅持。我對他說，即使不能贏，至少要讓兒子看一下。因為我身為母親，無法原諒身為父親的他拚命挑戰比賽，卻直到最後都不讓兒子看一眼。」

「直到最後？」

「他說在星期六和星期天的兩場比賽之後就要引退，他已經告訴教練了。聽說在星期天的高跳台滑雪結束之後就會正式宣布。」

「原來是這樣……」那由多配合男孩視線的高度蹲了下來，指著跳台說：「爸爸要從那麼高的地方跳下來，是不是很厲害？」

男孩露出困惑的表情，坂屋太太說：

「他好像還搞不清楚狀況，而且也不知道哪個選手是他爸爸。」

如果第一次來看比賽，的確會搞不清楚狀況，而且站在下方觀看時，站在起點門旁的選手看起來只有像豆子那麼大，更何況這麼小的孩子，可能根本不瞭解這種比賽的意義。

「希望可以有理想的成績。」

「是啊……如果能夠站在領獎台上，就可以向兒子炫耀一下。」

那由多聽了坂屋太太的話，終於瞭解為什麼坂屋看起來和之前不一樣的原因了。他並不是缺乏士氣，也不是沒有動力，而是剛好相反。他希望無論如何都要贏取這場比賽，希望年幼的兒子記得父親是曾經在賽場上很活躍的跳台滑雪選手，所以才會把自己逼得這麼緊。

「別擔心，坂屋先生一定能夠跳出好成績，我相信他。」

「希望如此。」坂屋太太看了一眼手錶說：「我還有事，那就先告辭了。」

「我明天也會來看比賽，我們一起為他加油。」

「謝謝。」

那由多目送著坂屋太太牽著年幼兒子的手離去的背影，圓華走到他身旁說：「你竟然可以說出那麼不負責任的話，什麼我相信他一定能夠跳出好成績。」

「不然要說什麼？難道告訴她，按理說，他不可能站上領獎台嗎？」

「可以什麼都不說啊，我猜想他太太也沒有抱什麼期待。」

「也許吧……」

圓華抬頭看著跳台，那由多也跟著抬起頭，發現一名選手正準備起跳。那由多根據那名選手的姿勢和體型，知道是坂屋。

和之前一樣，選手在起跳點前消失，然後突然飛向空中。

就在這時，圓華用冷靜的聲音說：「一百十六公尺。」

坂屋的姿勢很連貫，只是缺乏力量。他落地的地點正是圓華預告的距離。這個跳台的K點是一百二十公尺，如果不超越K點，就無法獲勝。

坂屋滑了下來，那由多向他揮了揮手，他豎起大拇指回應。因為戴著頭盔，所以看不到他臉上的表情，但從他全身散發的感覺，知道他對自己的飛翔並不滿意。

6

晚上，那由多在飯店的房間內看電腦，聽到敲門聲。他不知道誰會來找自己，問了一聲：「誰啊？」

『我。』門外冷冷的回答聲很耳熟。

那由多轉動門鎖，打開了門，發現抱著背包和保暖外套的圓華板著臉站在門外。

「妳不是回東京了嗎？」

「嗯，原本這麼打算，」圓華沒有徵求那由多的同意，就自顧自走進房間。房間內有兩張床，她在其中一張床上坐了下來，把自己的行李放了下來，「我和筒井老師聊了之後，決定再多住幾天。」

圓華看完練習之後，坐上筒井的車子離開了。她在離開前說，等一下離開大學後，就直接回東京。

那由多坐在另一張床上，「原來妳還需要繼續留在這裡。」

「嗯。」她點了點頭，「和你一樣。」

「我？怎麼回事？」

「我很在意坂屋選手的事，不知道能不能想想辦法。」

「妳找筒井老師的事，不是和跳台滑雪無關嗎？」

「無關啊，我在調查七年前的龍捲風，筒井老師給我看了很多寶貴的資料，但之後閒聊時，和老師聊了很多關於跳台滑雪的事，我開始覺得坂屋選手有希望可以獲得冠軍。」

「有什麼辦法？」

圓華盤腿坐在床上，抱著雙臂。

「問題在於天氣、風向。我相信你應該知道，逆風時，有助於增加飛行距離。」

「嗯，這是跳台滑雪的常識。」

「如果條件相同，所有選手都可以平等受惠，所以並沒有任何不公平，但實際上並非如此，風力和風向隨時都在變化。」

「因為這個關係，原本認為穩拿金牌的選手最後落敗的情況也經常發生，但和以前相比，現在的比賽規則已經稍微考慮到這個因素了。」

「我也聽筒井老師說了，是不是風因素？」

「對。」

當吹起有利的逆風時，選手的得分會減分；當順風時，就會加分。

「這樣就消除了風造成的幸運或是不幸？」

「多少消除了一些，只是不可能完全消除，因為不同地點的風向和風力各不相同，雖然目前採用在跳台的幾個地方測定，然後取平均值，但這種方法並不精確，因為最重要的是選手飛行空間的風。」

「而且，據筒井老師說，不光是飛行距離的問題。飛得越遠，就代表飛行時間越長，選手的心態就更加從容，充分做好著陸的準備。」

「沒錯。」

「而且，也不能忽視著陸時的衝擊。如果著陸時吹逆風，就可以像降落傘一下輕輕落地。相反地，如果是順風，風力就會從後方推選手，著地時，就好像被重重打在地上。兩腳必須用力站穩，才能避免跌倒，根本顧不了姿勢。」

那由多目不轉睛地打量著圓華的臉。

「妳和筒井老師聊得真深入，妳根本可以當評論家了。」

圓華收起了臉上的表情，「別再冷嘲熱諷了。」

「對不起。」那由多馬上道歉，「我已經充分瞭解，風因素無法完全消除風對選手造成的幸運和不幸，我也有同感。所以呢？」

「筒井老師說，很遺憾，坂屋選手目前無法靠順風增加飛行距離，姿勢分數也不理想，即使因為風因素增加了幾分，也很難獲得冠軍。只有逆風的時候，或許還有希望贏。」

「而且要只有坂屋先生跳雪時才吹逆風，其他選手的時候卻沒有。如果妳是說這種上天特別眷顧的情況，不需要妳說，我也會許願，或者說祈求。」那由多翹起二郎腿，嘆了一口氣。

圓華用力瞪著他，「怎麼了？」那由多問。

「有可能。」

「啊？」

「明天完全有可能發生這種上天特別眷顧的情況。」

那由多偏著頭問：「什麼意思？」

「明天的比賽從上午十一點開始，那個時候是晴天，幾乎沒有側風，所以比賽會如期舉行。雖然有少許逆風，但在第一輪跳雪期間都很安定，不至於因為選手跳雪的順序不同而造成不公平，所以，只希望坂屋選手能夠憑實力增加飛行距離。關鍵在於第二輪跳雪，中途之後，南風會逐漸增強，對那個跳台來說，就是順風。」

「等一下。」那由多伸出手，制止圓華繼續說下去。

但是，她並沒有閉嘴。

「影響會逐漸增加。第二輪跳雪時，會從第一輪跳雪成績最後一名開始比賽，第一輪成績越好的選手，就越容易受到順風影響而失速。而且，不是只有順風而已，上空的空氣會以跳台為中心開始旋轉。所以第一輪跳雪時，最好超過第八名，問題在於起跳的時機。」

「妳等一下，」那由多伸出雙手，「妳到底在說什麼？」
「我在說明天的比賽。」
「這我知道，妳說的順風或是空氣旋轉是什麼意思？筒井老師和妳聊了這麼多嗎？」
圓華搖了搖頭，「老師沒說這些。」
「那剛才妳說的那些是什麼？」
「那是……」圓華說到一半住了嘴，露出猶豫的表情，最後心灰意冷地嘆了一口氣說：「你沒辦法理解吧？對不起，當我沒說。」
「啊？什麼意思？妳倒是說清楚啊。」
「不可能，即使我說了，你應該也無法理解。有一句話不是叫『百聞不如一見』嗎？明天你自己看了就知道了，總之，我想要說的是，坂屋選手完全有可能獲勝，但是，」圓華指著自己的胸口，「需要我在旁邊，所以我沒有回東京，又回到這裡。」
那由多看到圓華說話時一臉嚴肅的表情，不禁有點混亂。他完全不瞭解圓華的真正意圖。
「所以，」她又繼續說道：「今天晚上，我就睡在這裡。」
「啊？」那由多瞪大了眼睛。
「有什麼關係？這裡原本就是雙人房，又多了一張床，我會負責和飯店櫃檯說。」

「等一下，我是無所謂，但妳應該不喜歡和男生睡一個房間吧？」

圓華的一雙鳳眼瞪著那由多，視線中似乎隱藏著觀察的光。她隨即搖了搖頭說：「不會啊，我也無所謂。」

「那就好……」

「太好了。」圓華在床上開始脫襪子。

7

圓華說的沒錯，星期六從早上開始就是晴天。那由多吃完早餐後，讓她坐在副駕駛座上，載著她前往跳台滑雪會場。

停車場內的車輛和昨天無法比較，還有大型遊覽車。東京不會關心跳台滑雪的國內賽，但在比賽舉行的地點，還是會受到矚目。

下車之後，那由多打電話給筒井，得知他正和坂屋他們在一起。

『那就一會兒見。她……羽原圓華小姐也一起來了吧？』

「對，她昨晚突然闖進我房間。」

筒井呵呵笑了起來。

『在研究室時，她也幾乎沒有聊她關心的龍捲風，一直問跳雪和坂屋的事，可見她真的很有興趣，最後還說要看比賽，甚至說只要她在，坂屋選手或許會贏。』

圓華似乎也對筒井說了那番奇怪的話。

『你轉告圓華小姐，那件事我已經談妥了。』

「哪件事？」

『你問她就知道了。』

掛上電話後，那由多向圓華轉告了筒井的話。

「太好了，」她滿意地點了點頭，「因為我拜託他，說想要去教練區。」

那由多驚訝不已。設置在跳台起跳點旁的教練區是教練向選手發出出發指示的地方，閒人當然不能隨便進入。

「筒井老師說，他為了研究跳雪，所以可以拿到ＩＤ卡進入教練區，我也以老師助手的名義，拿到了ＩＤ卡。」

「妳去教練區幹嘛？」

「那還用問嗎？」圓華拿出自己的手機，但似乎只是為了確認時間，「走快點，第一輪跳雪快開始了。」

一走進賽場，發現觀眾席並沒有太多人，甚至可以說是空空蕩蕩。那由多由此瞭解到，如果這裡坐滿人，停車場內的車子數量會更驚人。

那由多想要走去上方的觀眾席，但圓華說，要坐在最下面。那是選手在著陸後緩衝停止的停止區旁的座位。

「這裡距離太遠了，根本看不到跳雪的情況。」

「第一輪跳雪在這裡就好，因為有更重要的事。」圓華拉低了粉紅色毛線帽。

比賽很快就開始了，廣播中報完選手的姓名和所屬的隊伍後，選手從遙遠的上方一跳而下。每次觀看，都覺得很震撼。即使是失敗的跳雪，也會飛行超過一百公尺，難以想像人可以做到這一點。

選手在停止區停止後，立刻將滑雪板從滑雪靴上拆下來，扛在肩上，走去纜車站。因為還要繼續跳第二輪，所有選手都會從那由多他們面前經過。

那由多突然發現坂屋太太就坐在附近。雖然坂屋昨天介紹時說她叫京子，但不知道到底是京子或是津子。她和名叫宗太的年幼兒子牽著手，一臉不安地抬頭看著跳台。

不一會兒，她也發現了那由多，放鬆了臉上的表情，向他點頭致意。那由多也鞠躬回應。

廣播中終於傳來坂屋的名字，身穿藍色滑雪衣的坂屋出現在起點門。那由多看向京子，她把沒有握著兒子的另一隻手放在胸前。

坂屋出發了，沿著助滑坡高速滑降。幾秒之後，就從起跳點飛向空中。圓華立刻說：

「很好，一百二十公尺。」

坂屋的滑雪板張開，成大大的V字形，從天而降，維持漂亮的姿勢降落在著陸坡，然後滑到停止區。

坂屋拿下滑雪板，用充滿不安和期待的表情抬頭看向電子告示牌。那由多也定睛細看。電子告示牌上顯示的距離和圓華說的一樣，姿勢分數也不差，得分目前暫時領先。賽場上響起掌聲。

坂屋扛著滑雪板，握緊空著的左手，向那由多他們走來。他的太太跑了過去。

「太好了。」京子的語氣中透露著興奮。

「還好啦。」坂屋有點害羞。

「小宗，爸爸剛才飛得很遠，你對爸爸說，叫他等一下也要加油。」

幼小的兒子似乎不太瞭解狀況，口齒不清地說：「加油。」

坂屋摸了摸兒子的頭，走向纜車站。那由多對他說：「很出色。」他笑著點了點頭。

「坂屋先生，坂屋選手。」圓華衝了出去，追上坂屋後，和他並肩走著，不知道拚命說著什麼。

那由多也追了上去，聽到圓華說：「請你一定要相信。」坂屋露出困惑的表情偏著頭。

「妳在幹嘛？」那由多從他們背後問圓華。

坂屋停下腳步，轉頭露出苦笑。

「她說了很奇怪的話，說我如果想贏，就要根據她的指令出發。」

「啊？妳瘋了嗎？」

圓華沒有看那由多一眼，脫下了粉紅色毛線帽。

「我會在教練區，當我揮動帽子時，請你馬上出發，連一秒都不要遲疑。」

「小姐，選手要聽從教練的指示出發。」

圓華不耐煩地搖了搖頭，她的長髮也跟著飄動。

「不能靠教練，你剛才跳得不錯，是因為風很穩定。剛才是穩定的逆風吧？但是第二輪的情況就不一樣了。很快……再過十五分鐘，風向就會改變，會吹起你最討厭的順風。」

坂屋臉上的笑容消失了，「妳竟然說這種不吉利的預言。」

「這不是預言，而是已經決定的事。拜託你，請你相信我，難道你不想贏嗎？」

「如果妳希望我贏，就乖乖看比賽。工藤，她就麻煩你了。」

「走吧。」那由多抓住圓華的手臂。

「放開我，不要妨礙我。」她試圖甩開那由多的手，但那由多沒有鬆手。她朝著快步離去的坂屋背後大聲叫著：「相信我，我一定會送給你最棒的風，記得看我的指令。」

坂屋頭也不回地走向纜車站。

8

坂屋第一輪跳雪的排名是第七名。不知道是否因為條件理想的關係，有六名選手超越了他的成績，但分數只有些微的差距，完全有可能逆轉局勢，獲得優勝。

第二輪跳雪開始之前，那由多和圓華在教練區下方見到了筒井。他也為那由多準備了ＩＤ卡。

那由多把圓華向坂屋提出的提議告訴了筒井。

「妳可以掌握風嗎？」筒井問圓華，「妳可以掌握隨時變化的風向嗎？」

「簡單地說，就是這樣，但我猜想你們無法相信。」

那由多看著起跳點旁的風向計，風向計顯示目前是順風，和她的預告一樣。那由多把這件事告訴了筒井。

「妳參考了天氣圖嗎？」筒井看著圓華問。

她搖了搖頭說：「天氣圖只能瞭解大致的情況。」

「那妳是根據什麼判斷？」

圓華攤開雙手，巡視周圍。

「根據各種情況，氣溫、地形、樹木的搖晃、煙的流動、雲的動向、太陽的位置，根據眼睛看到的、耳朵聽到的，和身體感覺到的一切進行判斷。」

筒井看向那由多，似乎在問他相不相信。那由多只能偏著頭，但他不覺得圓華在信口開河。

「反正只要帶我去教練區就知道了。」

筒井一臉難以釋懷的表情點了點頭，「那就先上去吧。」

教練區有許多穿了保暖外套的男人，看到那由多和圓華，立刻露出狐疑的表情，但他們兩個人脖子上都掛著ＩＤ卡，而且因為和筒井在一起，那些人似乎認為他們是筒井研究的助手。筒井正操作著用三腳架固定的高速攝影機。他在拍攝選手起跳的那一刻。

幾名試跳員試跳之後，第二輪比賽開始，根據第一輪比賽的成績，由最後一名開始依次跳雪。

最先跳雪的選手是第一輪比賽中的最後一名。他以蹲伏的姿勢滑降後，在起跳點起跳。那由多也是第一次這樣近距離觀看，感覺格外震撼。

選手在空中做出飛行姿勢的瞬間，圓華小聲說：「動作太慢了，可能不到一百公尺。」飛出去的選手向著陸坡降落，從教練區很快就看到了電子告示牌上顯示的距離和姿勢分數，得知了他的著陸點。距離只有九十七公尺。

正在操作攝影機的筒井轉過頭，臉上露出驚訝。他似乎聽到了圓華剛才小聲嘀咕的話。

下一位選手又滑降下來，衝出起跳點，從那由多他們的眼前消失。圓華說：「這名選手也失敗了，比剛才的選手更短。」

她說對了。電子布告牌上顯示的距離只有九十五公尺。

「妳怎麼知道？」那由多小聲地問。

「當然知道啊。」圓華若無其事地回答，「物體的形狀、飛出去時的速度、角度和風向幾乎決定了飛行物的軌跡。」

之後，每當有選手跳雪時，圓華就說出了飛行距離，而且她說的數值幾乎都正確，誤差都不超過三公尺。

不一會兒，她說：「風向變了，不只是單純的順風，開始旋轉了。」

那由多看向風向計，風向計的確緩緩開始旋轉。

那些教練似乎也察覺到風向的變化，可以感受到他們為向選手發出指令的時機苦惱。如果一直是順風，會覺得這也是無可奈何的事，但如果不是這樣，當然希望選手在理想的條件下跳雪。

跳台旁設置了信號燈，當信號燈是紅色時，選手不能出發。但是，當信號燈變成綠色時，如果不在限制時間內出發，就會喪失比賽資格。今天這場比賽的限制時間是十五秒。

一名選手出發了，以時速九十公里的速度沿著助滑坡滑降。當他飛向空中的瞬間，身體搖晃起來。那由多也可以看出那名選手承受了逆風。「喔喔。」教練都紛紛叫了起來，「這個應該會飛很遠。」有人叫了一聲。

「飛不了多遠，」圓華冷冷地說，「著陸時會受影響。」

距離公布了。一百十五公尺。圓華說的沒錯，並不是太理想的成績。

下面好像是順風——教練中有一個人說道。另一名教練說，今天很難啊。

筒井看著圓華問：

「這裡看不到著陸坡，妳連看不到地方的風向也知道嗎？」

她點了點頭，「我昨天搭了纜車，記住了整個地形。」

筒井鼻孔用力噴氣，他似乎說不出話。

又一名選手出發了。那由多覺得沒什麼風，但圓華說：「時機太棒了，這次可能會有好成績。」

選手在起跳點用力起跳。

「太好了。」圓華小聲地說：「可以超越K點。」

下一剎那，就知道她說的完全正確。因為之前沒什麼動靜的觀眾席響起巨大的歡呼聲和掌聲。

隨即公佈的飛行距離為一百二十一公尺，是第二輪比賽中的最佳成績。那名選手當然暫居第一。

「下面是逆風嗎？」那由多問。

圓華點了點頭說：「最棒的逆風。」

但是，看了電子告示牌，發現並沒有因為風因素扣多少分。看來只有著陸點附近有逆風。

「筒井老師，你有什麼看法？」那由多問。

筒井皺起眉頭，輕輕搖了搖頭，「簡直難以相信。」

「但是，她都說對了。」

「也許吧……」筒井的表情看起來有點痛苦，也許他親眼看到的狀況，超越了他身為科學家能夠接受的範圍。

「可以請你去拜託坂屋先生的教練，請坂屋先生根據她的指令出發嗎？」

「開什麼玩笑，他一定會覺得我瘋了。」

「但是——」

就在這時，站在他們旁邊的圓華脫下了毛線帽。那由多驚訝地看向起點門，發現坂屋即將抵達起點門。

「著陸點很快會吹理想的風，必須趕快。」圓華說。

那由多看向前方，坂屋的教練在教練區的角落單手舉起了旗子。當他揮下旗子時，就是出發的指令。

信號燈變成了綠色。就在這時，圓華用力揮起拿著毛線帽的右手。坂屋應該也看到了她。

「趕快出發，」圓華大叫著，「趕快，否則就來不及了。」

但是，坂屋並沒有出發。因為教練並沒有揮下旗子。教練判斷還沒有吹起理想的風。

圓華放下了手，「完了……來不及了。」

圓華的話音剛落，教練揮下旗子。

「啊，笨蛋。」圓華咬牙切齒地說：「糟透了。」

坂屋滑降後，從起跳點飛向空中。他起跳的時機和姿勢都不錯。

但是，觀眾席上並沒有傳來剛才有選手跳出理想成績時的歡呼聲，圓華一臉沮喪，甚至沒有說飛行距離。

下一剎那，傳來觀眾的叫聲。從緊張的氣氛中，知道並不是因為坂屋的跳雪很出色。

「跌倒了。」很快就聽到有人這麼說。

坂屋的教練臉色大變，拿起手機開始講電話。筒井走了過去。

「坂屋選手好像跌倒了。」圓華說，「希望他沒有受傷。」

「剛才的條件這麼惡劣嗎？」

圓華嘆著氣說：「側風很強。」

「啊……」那由多說不出話。

筒井走了回來。

「他在失去平衡的狀態下著陸，然後就跌倒了，但似乎並沒有受傷。」

「太好了。」那由多嘀咕了一聲，看向電子告示牌。坂屋的成績掉到最後一名。

9

身穿藍色滑雪衣的坂屋開始滑動。攝影的方向和那由多他們看的方向相反，而且是在較高的位置拍攝，可以確認選手在助滑坡滑降、起跳、飛行和著陸的一連串動作。

坂屋起跳了，飛行姿勢並不差，但飛行距離並不理想。他漸漸失速，不斷降落，在著陸之前，身體用力向右傾。雖然他勉強著陸，卻是很不理想的兩腳並排著陸，而且重心明顯偏了。他用這個姿勢滑向著陸坡，但滑雪板無法承受超越負荷的重量，脫離了滑雪靴，他也跟著跌倒了。

筒井停止播放影片，「的確有側風。」

「就像她說的那樣。」那由多說。

「只有坂屋一個人承受了這麼強烈的側風，所以只有他跳雪的時候突然吹了側風。她為什麼會知道呢？」

「應該是預測吧？預測了風的變化。」

「怎麼可能？」

「如果不這麼想，根本沒辦法解釋。」

筒井發出低吟，抱著雙臂。他似乎不願意承認。

他們目前在北稜大學的研究室，正在用電腦看比賽主辦單位作為記錄拍攝的影片。筒井拜託主辦單位，請他們複製了影片。

圓華並沒有在這裡，她說：「看那種影片也沒有意義。」然後獨自回飯店了。

「老師，可不可以請你向坂屋先生的教練說明情況？」

「我要怎麼說？他不可能相信，我自己也是半信半疑。」

「半信半疑……也就是說，你已經有一半相信了。」

筒井撇著嘴角，摸著脖子。

「我知道這並不是巧合或是僥幸，她應該有某種特殊的力量，但我並沒有相信到可以說服別人的程度。」

「因為缺乏科學根據嗎？」

「科學……嗎？其實她說的話並沒有不符合科學，根據周圍的狀況預測風向太科學了，問題在於能不能靠一個人在腦袋裡分析出結果。」筒井低頭陷入了沉思，「雖然很難說服教練，但如果是坂屋，也許有辦法……」

「你的意思是？」

「可以把今天的情況告訴他，請他在明天比賽時，不要聽從教練的指令，而是根據圓華的指令出發。當然，這件事必須瞞著教練。」

「啊，原來是這樣。」

「但不知道他會不會同意。」

「那就試試看，拜託你了。」那由多鞠躬說道，「我無論如何都希望坂屋先生可以贏。」

「我也希望他可以贏，問題在於要怎麼向他說明。」筒井露出為難的表情，拿起自己的手機，單手操作後，放在耳朵上。不一會兒，他搖了搖頭，拿下了手機。「不行，打不通。他跌倒時雖然沒有受傷，但可能為了安全起見，還是去醫院接受檢查了，晚一點我再打看看。」

「可不可以請你務必說服他？」

筒井一臉不甘不願的表情點了點頭。

「也只能這樣了，反正按照目前的情況，坂屋根本沒有機會贏。既然這樣，不管是求神拜佛，還是幹嘛，都只能試試看了。」

「我認為這比求神拜佛更有效。」那由多站了起來，穿上登山服，「我回飯店和圓華聊一聊。她因為自己的意見遭到無視很不高興，搞不好明天不願意提供協助。」

「那就慘了，拜託你了。」筒井說完，尷尬地抓了抓頭，「呃……我這麼說好像有點奇怪，剛才還說只是半信半疑。」

「我也差不多啦，老實說，我還有三成左右的懷疑，那就拜託了。」

那由多說完，走出了研究室。

回到飯店，一打開房門，立刻大驚失色。因為圓華衣衫不整地坐在床上。她雖然穿了T恤，但下面只穿了一件內褲，而且盤腿坐在床上。

那由多把頭轉到一旁，「為什麼穿成這樣？」

「因為很熱啊，剛才我去泡澡泡太久了。這裡的大浴場超舒服。」

「我不知道，我沒去過。先不管這個，妳趕快穿衣服，我的眼睛都不知道該往哪裡看了。」

「隨便看啊，我不介意。」

「我介意。」

「是喔，真麻煩。」那由多聽到窸窸窣窣的聲音，「好了，沒問題了。」

那由多轉頭一看，發現圓華把浴巾圍在腰上。

「妳根本沒穿啊。」

「因為我剛泡完澡，不想穿牛仔褲。」

「妳沒有其他的嗎？像是睡衣或是運動衣之類的。」

「沒有，我的替換衣服只帶了T恤和內衣褲。」圓華一邊操作著智慧型手機一邊回答。

那由多嘆了一口氣，在自己的床上坐了下來，「我有事要拜託妳，希望妳明天可以繼續為坂屋先生判斷風向。」

圓華抬起頭，「當然啊，我就是打算這麼做，所以才在做準備。」說完，她把智慧型手機的螢幕對著那由多，上面顯示了天氣圖。

她似乎並沒有討厭坂屋。

「明天的風怎麼樣？」

圓華重重地吐了一口氣，「老實說很困難，比今天困難多了。」

「比今天更困難？那可不妙啊。」

「但是，反過來說，可能會有意想不到的結果。當然，前提條件是那個笨蛋必須聽我的指令。」

圓華口中的笨蛋就是坂屋。

那由多告訴圓華，筒井應該會說服坂屋。

「希望他會乖乖聽話……但是，即使他聽從我的指令，問題在於第二輪比賽。」

「第二輪比賽？會有什麼狀況嗎？」

圓華露出沉思的表情，然後似乎甩開了內心的煩惱，搖了搖頭說：「沒事。」

「妳不要故弄玄虛，第二輪比賽到底有什麼狀況？」

「我並不是故弄玄虛，等到明天就知道了。我肚子餓了，我們去吃晚餐吧。」

圓華用力從床上跳了下來，浴巾掉落了，那由多又只好轉過頭。

10

星期天，陰沉的天氣和前一天完全不同，氣溫卻很高。即使風吹過來，也完全不覺得冷。

和昨天一樣，那由多在跳台的停車場停好車子後，打電話給筒井。電話立刻就接通了，但聽到電話中傳來筒井消沉的聲音，『我正想打電話給你。』

「怎麼了？你沒有說服坂屋先生嗎？」

『關於這件事，我昨天一直沒有聯絡到他，他好像故意關機了，說想要一個人想事情。』

「想事情……」

電話中傳來筒井的嘆息。

『是關於今天比賽的事。我剛才見到他，他說要棄權，還說昨天第一輪跳雪時，清楚認識到自己的極限，不想繼續出糗。』

「棄權？怎麼……那是他最後的比賽。」

在一旁的圓華似乎從那由多的應答中察覺了情況，瞪大了眼睛。

『現在教練正在說服他，但可能很難說服，他心意很堅定。』

「筒井老師，你目前在哪裡？」
『我在選手休息室前面。』
「我知道了。」那由多掛上電話後，看著圓華，「坂屋先生不想跳了。」
「那個笨蛋，」圓華咂著嘴，「果然是笨蛋。他人在哪裡？」
「好像在休息室，妳要去找他嗎？」
「當然啊。」說完，她快步走了起來。
纜車站旁的小房子就是選手休息室，內有更衣室和準備體操室，還有打臘房。
那由多和圓華走去那裡，看到筒井和坂屋面對面站在門口。坂屋穿著運動衣，並不是跳台滑雪的滑雪裝。
坂屋發現了他們，苦笑著說：「工藤，連你都來說服我嗎？」
「坂屋先生，請你一定要跳。」那由多說，「這不是你最後的比賽嗎？請你展現你的氣魄。」
坂屋在自己面前搖著手。
「如果有辦法展現，我也很想展現一下，但已經不可能了，昨天第二輪跳雪，讓我對自己感到失望。」
圓華向前一步。

「你昨天會墜落，是因為你不聽我的指示，只要你聽我的指示，今天就可以贏。」

「又在說這些嗎？妳真是纏人啊。」

「你去問筒井老師，我並沒有說謊。」

坂屋訝異地看著筒井。

筒井點了點頭，「她對風的直覺的確很敏銳。」

「難以相信，更何況——」坂屋把手放進運動衣口袋裡，「這已經和我無關了，反正我不再跳了。」他說完這句話，轉身離開了。

「等一下。」圓華追了上去，她繞到坂屋面前，擋住了他的去路。

「你不想讓你兒子看到你跳雪嗎？他不是來這裡為你加油嗎？」

「我剛才已經打電話告訴他們，我今天要棄權了。」

「那你就再打一次電話，說你最後還是決定要跳。」

坂屋搖了搖頭，無奈地輕輕攤開雙手，再度準備離開，但圓華再度擋在他面前。

「妳鬧夠了沒有！」坂屋煩躁地大聲吼道，「到底在搞什麼啊？」

「一直當送披薩的也沒關係嗎？」

坂屋聽了圓華這句話，身體搖晃了一下，「妳說……」

「我在問你，讓宗太一直以為他爸爸是送披薩的也沒關係嗎？你不是跳台滑雪的選手嗎？那就跳給他看啊！」
坂屋的肩膀劇烈起伏著。那由多只能看到他的後背，但他顯然有點手足無措。
「送披薩的嗎……這也沒辦法啊。」
「即使你認為無所謂，小孩子可不這麼認為！」圓華大叫著，「對小孩子來說，父親的工作是一件重要的事。也許你覺得只要讓他看自己年輕時的影像，然後告訴他，這就是爸爸以前的工作就搞定了，但事情可沒這麼簡單。如果沒有親眼看到，小孩子會感到很寂寞。為什麼你連這麼簡單的事都不懂？還是說，你認為昨天那次失敗的跳雪，成為宗太唯一的回憶也沒關係嗎？」
「……即使今天跳了，也只是讓他看到我出糗。」
「你這個死腦筋，我剛才不是說了嗎？我不會讓這種情況發生！」圓華指著坂屋的臉，「你趕快去換衣服，準備跳雪！我會為你判斷風勢，不是被風支配，而是由我來支配風！」
坂屋後退著，似乎有點被她嚇到了。短暫的沉默後，轉頭看了那由多和筒井一眼，然後又轉過去，再度看著圓華。
「好，沒問題，既然妳這麼說，那就跳啊！那就聽從妳的指令！」
「一言為定，如果你不遵守約定，就沒機會贏。」
「好，那就一言為定。」坂屋咬牙切齒地說完，轉過身對筒井和那由多說：「既然這樣，那就豁出去了。」他大步走進了選手休息室，眼中充滿了最近很少見的氣魄。

那由多和筒井互看了一眼後，看著圓華說：「幹得好！」

「什麼？」她板著臉問。

「我是說，妳成功地說服了坂屋先生。」

「那個笨蛋根本不重要，宗太才是重點。走吧。」圓華邁開步伐，她似乎打算走去教練區。

那由多注視著她的背影，回想著她剛才說的話。不是被風支配，而是由我來支配風！不知道為什麼，那由多想起了她的母親在一場龍捲風中喪命的事。

11

比賽比預定時間晚了三十分鐘才開始。因為側風太強，延遲了比賽開始的時間，聽說主辦單位曾經一度討論中止比賽。果真如此的話，圓華剛才辛苦說服也就白費了。

風勢變弱，比賽順利開始，但對選手來說，狀況並不理想。因為正如圓華說的那樣，風向不停改變，比昨天的情況更嚴重，選手的成績也時好時壞。有些選手幸運地遇到了理想的風，增加了飛行距離，但和不幸沒遇到好風的選手之間的得分差距，根本無法用風因素來彌補。

即將輪到坂屋，那由多緊張不已。他跳雪的時候，到底會不會有理想的風呢？

「你有沒有聽說，坂屋原本打算棄權。」旁邊的男人小聲說道。他似乎是別隊的教練。

「對，我聽說了，還說原本打算直接引退。不過，看了昨天的跳雪，我覺得這種判斷很明智。」另一個男人回答。

「去年就應該引退了。這個賽季不僅沒有贏過，甚至經常連預賽都過不了關，連我看了都覺得於心不忍。」

「只有當事人還以為自己還行，那麼資深的選手，周圍的人也不好說什麼，結果就錯失了引退的時機。話說回來，不知道他為什麼又取消棄權了。」

「我猜想是想留下最後的回憶，想要展現激流勇退吧，但以他目前的實力，恐怕很難啊。」

那由多很想上前反駁，但還是咬著嘴唇忍住了。他看向圓華，圓華應該也聽到那兩個男人的對話，卻似乎完全不介意，不時觀察周圍，抬頭看著天空。

終於輪到坂屋了。圓華拿下了毛線帽。

風向計顯示目前是順風，但在順風變弱的同時，信號燈變成了綠色。教練暗自慶幸，揮下了旗子。

但是，坂屋並沒有出發，仍然在門前蓄勢待發。

「那傢伙……他在幹嘛！」教練大吼著，「趕快出發！等一下風向又要改變了。」雖然坂屋根本聽不到，但教練還是忍不住大聲叫著。

那由多緊張不已，圓華仍然握著毛線帽。信號燈轉綠已經過了十秒。

正當那由多感到不妙時，圓華用力揮了一下握著毛線帽的手。坂屋似乎看到了，立刻出發了。他猛然滑降的姿勢一如往常，但全身散發出和昨天完全不同的殺氣。

他在起跳點起跳的姿勢簡直就像野獸撲向獵物般勇猛。

「太好了，超完美。」身旁的圓華嘀咕道。

接著，就聽到了觀眾的歡呼聲。不需要等待結果出爐，就知道他成功完成了遠距離飛翔。

廣播中宣布的距離是一百三十二點五公尺。不光是今天，更是自昨天比賽開始以來的最長距離。

坂屋的教練驚訝地偏著頭，一臉興奮地拍著手。其他隊的教練也都紛紛表示驚訝和讚嘆，剛才那兩個人也一樣。原來他們也在期待昔日名將大顯身手。

筒井走了過來，「我現在已經不是半信半疑了，我已經確信，她的能力是真的。」

「我也有同感。」

圓華可能聽到了他們的對話，轉過頭說：

「現在還高興得太早，關鍵在於第二輪。」

「第二輪……妳昨天也這麼說，到底會有什麼狀況？」

圓華搖了搖頭說：「沒有狀況。」

「沒有狀況？既然這樣，為什麼……」

「正因為沒有狀況，所以才是問題。無論如何，我們先下去，去找坂屋太太。」

「找他太太？為什麼？」

「等一下再告訴你原因。」她拉著那由多的手。

他們走下長長的階梯，走向停止區旁。這時，看到坂屋從相反方向走了過來。他可能準備去搭纜車。他一臉心滿意足的表情，充滿了自信。

「坂屋先生，好身手！」

坂屋聽到那由多的聲音，舉起一隻手。

「幸好相信了幸運女神的話。」他停下腳步，注視著圓華，「謝謝，剛才的風實在太棒了，怎樣才能像妳那樣精準判斷？」

「你沒必要思考這個問題，你只要記住，你的飛行距離有好成績，並不光是風力的因素，如果是昨天之前，你一定沒辦法飛那麼遠。」

從坂屋臉上的表情來看，顯然也同意她的說法。

「的確，我好像擺脫了某些東西。」

「你可以跳出好成績。」圓華說，「也很期待你第二輪的表現。」

「好。」

「你見到你太太和兒子了嗎？」

「他們在停止區旁，剛才還在和他們聊天。」

「他好像看到了，還說爸爸很了不起。」坂屋說話時有點害羞。

「宗太看到剛才的……」

「關鍵在於第二輪。」圓華說，「一定要讓他看你站在領獎台上。別擔心，只要你根據我的指令出發，就一定可以贏。」

「好，我會加油。」坂屋握緊拳頭，走向纜車站。

那由多和圓華一起走到停止區旁。坂屋說的沒錯，果然很快就找到了坂屋太太和兒子的身影。坂屋太太應該看到了坂屋剛才的優異表現，所以臉上充滿了喜悅。

「坂屋太太，午安。」那由多走過去後打招呼，「坂屋先生今天太棒了。」

「謝謝，希望今天第二輪也很順利。」坂屋太太語帶保留地說。

「以他今天的表現，絕對沒問題。」

「那就不知道了……」坂屋太太不可能沒有期待，但應該受到昨天的影響，所以內心似乎也做好了面對不樂觀現實的準備。

「坂屋太太，」圓華走向前，「我有一件事想拜託妳。」

坂屋太太有點膽怯地將身體微微向後仰，「什麼事？」

「我希望妳帶給妳先生力量。」

坂屋太太聽了圓華的話，露出困惑的表情。

12

第二輪比賽開始了。

那由多抬頭看著跳台，內心充滿不安。坂屋能夠跳出好成績嗎？他在第一輪比賽中的成績排名第一，所以要等到最後才跳。他和第二名之後的選手之間分數差距並不大，只要稍微失誤，就可能錯失冠軍寶座。

一名接著一名選手跳雪。因為是從第一輪比賽中排名最後的選手開始跳，照理說，應該，會漸漸出現飛行距離理想的選手。但即使輪到排名比較前面的選手，仍然沒有人跳出理想的成績。

因為風的條件不理想，而且還在繼續惡化。

目前只剩下五名選手，在第一輪比賽中第五名的選手飛了出去，隨即聽到圓華小聲嘀咕說：「這個也沒問題。」結果顯示那名選手的成績只有一百出頭而已，顯然失敗了，甚至無法暫時領先。

但是，第一輪比賽中的第四名選手的情況不一樣了。在不良的條件下，竟然飛到了K點附近，成為暫時領先的選手。

第一輪比賽中的第三名選手也不遑多讓，幾乎和前一名選手的距離相同，姿勢分也很高，暫居第一。

不太妙。那由多心想。目前的第一名和第二名的分數相當高，坂屋必須飛到K點，也就是一百二十公尺附近才能夠超越他們。

那由多希望他至少能夠擠進前三名，那就可以站上領獎台。

但是，接下來那名選手粉碎了他的心願。因為那名選手也越過了K點，理所當然成為目前第一名。

「排名前面的選手果然不一樣，」那由多說：「即使條件惡劣，也能夠飛出好成績。」

圓華沒有回答，抬頭看著跳台。她的表情很嚴肅。

那由多帶著祈禱的心情看著起點門。最後一個跳雪的坂屋已經準備就緒，這裡當然看不到他的表情，但不難想像對勝利的強烈渴望，和對失敗的恐懼在他內心交錯。

信號燈變成了綠色。粉紅色毛線帽會在什麼時候揮動——那由多屏息等待。

不一會兒，坂屋出發了。當然是因為帽子揮動了。那由多想要閉上眼睛，但絕對不能錯過這個瞬間，所以他反而瞪大了眼睛。

坂屋從起跳點飛了出來，他的滑雪板張開成V字形。「很好！」那由多聽到圓華用力叫道。

坂屋在空中保持漂亮的姿勢，飛向著陸坡，飛行曲線的巨大弧度絲毫不比之前的選手遜色，著陸後的弓步姿勢也很完美。觀眾席響起巨大的歡呼聲，從那由多的位置，也可以清楚看到他輕輕鬆鬆越過了K點。

坂屋滑向停止區的同時，雙手做出勝利姿勢。當他滑下來時，嘴角洋溢著喜悅。他應該確信自己贏得了勝利。

他停下來後，卸下滑雪板，出神地看著電子告示牌。電子告示牌上很快顯示了結果。飛行距離是一百二十三公尺，總分的結果是無可置疑的第一名。

坂屋當場跳了起來，同時有好幾名選手跑向他，剛才爭奪第一名的年輕選手也在其中，就連他們也發自內心地對昔日名將的華麗復活感到高興。

「太好了。」那由多看著圓華。

「嗯。」她點了點頭，「雖然我什麼都沒做。」

「這是他太太……愛的力量嗎？」

「不知道。」圓華偏著頭，抬頭看著教練區。

那由多和圓華正在停止區旁，坂屋的太太和兒子拿了他們的ＩＤ卡，去了教練區。

在第二輪比賽開始之後，圓華把自己的毛線帽交給了坂屋太太。

「等信號燈變綠之後，妳覺得可以的時候，揮動一下這頂帽子。」

坂屋太太一臉納悶，圓華又繼續說道：

「很可惜，坂屋選手跳雪的時候沒有理想的風，一直都是順風，也就是說，無論什麼時候起跳，條件都一樣，所以，請妳決定妳先生跳雪的時機。」

「呃，但是，要怎麼……」

「別擔心，只要在妳覺得他可以跳雪的時候揮一下就好，不要留下遺憾。因為這可能是他最後一次跳雪。」

坂屋太太接過毛線帽後，注視著圓華，緩緩點了點頭。從她的臉上可以看到堅定的決心。

起點門離教練區很遠，坂屋做夢都不會想到，是他太太對他發出指令。他在出發時，一定完全相信可以預測風勢的神奇少女的力量，但他也同時相信了自己的能力，知道自己只要發揮實力，還可以繼續贏。

一旁的圓華正在用手機通電話，似乎有人打電話給她。

「我知道，我馬上就會回去，只是稍微耽擱而已……桐宮小姐，和妳沒有關係。那就先這樣。」圓華掛上電話後，咂了咂嘴。

「哪裡打來的？」

「東京，真是囉嗦，那我要走了，代我向大家問好。」圓華說完就轉身離開。

「等一下，」那由多叫住了她，「還會見到妳嗎？」

「不知道。」她偏著頭說：「如果運勢到了，也許還會見面。」

「運勢……」

圓華輕輕舉起手，再度邁開步伐，但她始終沒有回頭。

那由多將視線移回停止區，成功復活的昔日名將被年紀小他一輪的選手們抬了起來，拋向空中。

Laplace's Movement　第二章

這隻手接住魔球

1

打開鐵門的同時，就聽到一聲「砰」的響亮聲音。

工藤那由多看向前方，兩個身穿運動服的男人正在室內練習場的角落練習傳接球。練習場內沒有其他人。

位在後方的高大男人——石黑達也發現了那由多，向他舉起一隻手。在他對面的男人見狀，也立刻轉過頭。拿著特製捕手手套的是三浦勝夫。他的身材有點矮胖，和石黑呈現明顯的對比。

「嗨。」三浦笑著向他打招呼，「辛苦了。」

「兩位也辛苦了。」那由多鞠了一躬。

石黑拿下手套走了過來，「上次謝謝你。」

「情況怎麼樣？」

「嗯，託你的福，狀況很不錯。」石黑輕輕轉動右肩，「現在肩胛骨很靈活。」

「那就太好了。」

一個星期前，那由多為石黑針灸。石黑剛結束在沖繩的集訓回到東京，因為持續嚴格訓練了一個月，身體差不多出現了疲累。果然不出那由多所料，石黑全身各部分都很僵硬。

那由多看了一眼時鐘，距離約定的傍晚五點還有一點時間。

「不好意思，這次提出這麼奇怪的要求請你幫忙。」

石黑輕聲苦笑起來，「之前也曾經有電視台提出類似的要求。」

「一次是ＮＨＫ的教育節目，還有兩次是綜藝節目。」三浦在一旁補充。

「但你都拒絕了吧？」

「因為很麻煩，」石黑撇著嘴角，「更何況我原本就討厭電視，不是又要排練什麼的，有很多麻煩事嗎？我討厭那些，而且，我也不想讓敵人掌握線索。」

「敵人？」

「因為其他球隊的打者也可能看那個節目，看了節目之後，發現破解之道的可能性並不是完全不存在。難道你不這麼認為嗎？」

那由多點了點頭說：「的確無法斷言不可能。」

「對不對？對我來說，這可是生死問題。」

「我知道了，所以我保證那些影像不會公開。」

「我也是因為聽到這句話，才決定答應。更何況既然你開口，除非有天大的理由，否則不可能拒絕。」

「不好意思，謝謝。」

「你不必這麼誠惶誠恐，」三浦插嘴說，「你的魔法針灸不知道幫了石黑多少次忙，這個球季應該也不會少，三天兩頭在登板的前一天，臨時找你為他緩和肩膀的疼痛。」

「是啊，八成是這樣，所以像這次這種事，就要先討好一下。」石黑笑嘻嘻說道。

「我就知道你居心不良。工藤，就是這麼回事，所以你不必和他客氣，趁這個機會好好指使他。」

「哪敢指使……我聽說並不會要求你投太多次。」

「嗯，那位大學的老師叫什麼？」石黑問。

「筒井老師，是北稜大學流體力學研究室的筒井利之副教授。」

三浦聽了那由多的回答，身體微微向後仰，「如果不是這種事，我們一輩子無緣和這種頭銜的人打交道。」

「筒井老師對運動有深入的研究，冬季期間，主要研究跳台滑雪。」

「是喔。」另外兩個人露出意外的表情。

後方傳來開門的聲音，那由多回頭一看，方正的臉曬得黝黑的筒井利之走了進來，雙手拎著大皮包。

那由多舉起一隻手打招呼，但隨即愣在那裡。因為他看到一個年輕女生跟在筒井身後走了進來。雖然筒井事先用電子郵件通知他，會帶女助手一起來這裡，但並沒有提是誰。

那由多認識那個女生。她臉很小，下巴尖尖的，一雙眼尾微微上揚的眼睛令人印象深刻。一個月前，那由多在筒井的研究室見到她。她叫羽原圓華，那由多清晰記得她在之後舉行的跳台滑雪比賽中發揮了神奇的力量。

「她怎麼來了？」那由多小聲問筒井。

「詳細情況晚一點再告訴你，可不可以請你先介紹我和石黑投手他們認識？」

「沒問題。」

那由多點了點頭，把筒井介紹給石黑和三浦後，正不知道該怎麼介紹圓華，圓華自我介紹說：「我是老師的助手，我姓羽原。」雖然她太年輕，明顯不像大學生，但石黑他們並沒有多說什麼，也許覺得女生的年紀很難猜。

「不好意思，這次提出這麼無理的要求。」筒井對石黑說。

「聽工藤說，只要投幾球就好？」

「只要投幾球就好，麻煩兩位了。我先準備儀器，可以請你們做投球準備嗎？」

「那就稍微練一下？」石黑重新戴上手套，對三浦說。

「好啊。」三浦回答。

這個室內練習場也設置了投手丘和打擊區，有足夠的空間可以練習打擊。石黑緩緩走向投手丘。

筒井從皮包裡拿出攝影機、三腳架和各種測量儀器，圓華也在一旁幫忙。她似乎並不是虛有其名的助手。

「這是怎麼回事？」那由多問筒井，「她怎麼會來這裡？」

「她為了龍捲風意外的事，又來我的研究室，剛好和她聊到今天的事，她說也想來看看。而且她說的埋由很有趣，所以我就帶她一起來了。」

「什麼理由？」

那由多問，筒井露齒一笑，看著圓華說：「妳要不要自己說？」

正在架攝影機三腳架的圓華沒有停下手，直接回答說：「因為我對亂流有興趣。」

「亂流？」

「亂就是混亂的亂，流就是潮流的流。」筒井說，「亂流是流體力學的用語。」

「為什麼對這種東西……」

「是不是很有趣？所以我就帶她一起來了，而且我覺得可能又會發生什麼事。」筒井意味深長地說，應該想起了之前跳台滑雪比賽時發生的事。

那由多看著圓華，她默默地做事，似乎希望他們別再聊她的事。

「喔！」筒井叫了一聲，他看向石黑和三浦的方向。

那由多也順著他的視線望去，發現石黑正在投球。石黑投球時的動作幅度不大，投出的球勾勒出緩和的拋物線，落在三浦的手套中。乍看之下，會覺得只是普通的慢速球。

2

七年前，石黑達也在職棒新球員選拔會時獲得指名，是選拔會受到指名排名第五的球員。他當時在北關東的業餘球隊當投手，默默無聞，但受到指名時，一度成為討論的話題，只可惜和實力無關，是他已屆三十的年紀成為討論的焦點。

他投的球雖然球速不高，但控球很好，而且變化球豐富多樣，剛好符合球團需要有即戰力的中繼投手的方針，球團應該以為他能投個七、八年，所以才會指名他。

只不過球團當初的計畫落了空，他雖然在二軍能夠制住對手，但在一軍就不管用了。聽石黑說，「我進球團第二年，就已經沒有容身之處了」，他並沒有為這件事太沮喪，因為「我原本就對自己能夠勝任職棒投手這件事沒有自信，當初進入球團，也只是想瞭解一下職棒的世界，也許對日後的人生有幫助」。

就在這時，三浦發現了一件事。三浦原本是一軍的候補捕手，但因為受了傷，所以被降到二軍。因為他們年齡相近，所以經常一起練球。

石黑和三浦練習投球時，故意惡作劇，投了以前在業餘球隊時學到的變化球。進入職棒後，他從來沒有正式投過。

三浦接不到他的球，納悶地偏著頭。石黑又試著投了一球，三浦還是接不到。

三浦立刻跑到他面前問：「剛才的球是怎麼回事？」

「對不起。」石黑立刻向他道歉，「我只是玩一下，接下來我會認真投。」

「是怎麼玩的？你投了什麼球？」三浦一臉嚴肅地追問。

石黑無奈之下，只好給他看握球的方式。用彎曲的手指扣住球，在幾乎不旋轉球的情況下投出去——也就是所謂的彈指球。這是之前在業餘球隊時，前輩球員教他的投法。

「你再投看看。」三浦說完，回到了原來的位置。

石黑連續投了好幾次彈指球，三浦漏接了好幾球。於是，三浦找來了投手教練，請教練站在他身後。

教練原本一臉訝異，但臉上的表情很快就不一樣了。

那天成為石黑命運的轉捩點。隔天，他在一軍總教練和投手教練面前再度投彈指球。

之後，球團要求他專心練彈指球。他不必投其他變化球，只要練習用彈指球投出好球。

彈指球是極其特殊的變化球，軌道很不規則，就連投手本身也不知道球的去向。對投手唯一的要求，就是要把球投在好球帶，問題是要做到這一點並不容易。當以控球為優先時，彈指球就會缺乏變化，過去有很多投手因為這個原因，放棄成為彈指球投手。

但也許石黑原本就很適合彈指球，所以很快就能夠以相當高的機率，把彈指球投入好球帶，於是，球團高層就很想確認他是否能夠在實際比賽中發揮實力。

他開始在二軍的比賽中投球，由三浦擔任捕手。他在整場比賽中投的所有球都是彈指球，也成為日本職棒球界劃時代的大事。雖然只有短短幾局，但石黑完全制住了對手。

投了幾場比賽之後，石黑升到一軍，但出現了一個問題，一軍沒有捕手能夠接住他的彈指球。於是，三浦也一起升上一軍。

他從那時候開始，受到一部分球迷的矚目，媒體也開始報導他，用「日本第一位全場彈指球投手誕生」來捧他。

但是，石黑自己很冷靜，並沒有因為升上一軍就得意忘形。

他冷靜地分析後認為，職業錦標賽已經進入尾聲，球團早就喪失爭奪冠軍的資格，觀眾人數也持續下滑。球團需要能夠吸引觀眾進場觀賽的話題。也就是說，自己和三浦是吸引客人的貓熊。

三浦認為這樣也無妨。

「貓熊也很好啊，那我們就讓他們知道，貓熊也是狠角色。」

石黑聽了之後，不由地感到佩服。原來有人無論在任何狀況下，都能夠正向思考。球團的真正目的不得而知，只是很懷疑當時的總教練真的相信日本第一位彈指球投手。因為只有和勝負無關的局面時，總教練才會讓石黑和三浦上場。

然而，事情逐漸發生了變化，因為幾乎沒有人能夠打到石黑的彈指球，即使有人擊出了安打，其實也只是沒有打到球心的滾地球剛好從野手之間滾過去，很少有人能夠擊中球心。

在球季即將結束時，石黑和三浦終於等到了機會。他第一次擔任先發投手，獲得了五安打完封的勝利。

那年年底，石黑和三浦在球團事務所重新簽約，雙方當然都在接受年薪增加後簽了名。

3

筒井正在調整測量儀器，他的眼神很嚴肅。從他的表情就可以瞭解，他今天來這裡攝影，並不是為了玩樂或興趣。

去年年底，筒井得知石黑是那由多的客人後就開口拜託，希望能夠拍攝石黑的彈指球。

筒井將運動和流體力學的關係視為畢生的志業之一，那由多聽他說，彈指球充滿神祕的要素後，就希望能夠助他一臂之力，於是就向石黑提起筒井的請託，安排了今天的攝影。

石黑以全場彈指球投手之姿華麗復活，花了五年多時間，在職棒球界建立了獨特的地位。但是，除了他自己的狀況以外，當天的氣象條件也會對彈指球造成影響，所以他的彈指球並非每次都所向無敵，有時候也會輕易被打中。即使如此，石黑累積的勝投白星超過五十個，也曾經獲得「三振王」的封號。

前年初春，那由多認識了這位具有出奇能力的投手。剛滿八十歲的針灸師父叫他去沖繩，結果在那裡見到了原本是師父客人的石黑。石黑在那裡參加球隊的集訓，起初他看到那由多年紀這麼輕，似乎感到不安，但開始針灸後，他立刻放鬆了警戒。石黑對那由多說，他的手法和他師父完全一致，那由多暗自鬆了一口氣。

之後，只要石黑有需要，那由多就會飛去全國各地為他針灸。被人需要是最快樂的事。

筒井對著三浦的背影說：「隨時開始都可以。」所有的測量儀器似乎都設置完成了。

三浦向石黑輕輕舉了舉手後，看著筒井問：「我也可以拜託你一件事嗎？」

「什麼事？」筒井問。

「還有一個人也想加入，他就等在附近，我可以叫他過來嗎？」

「沒問題，請問是誰？」

「不是什麼奇怪的人，是我們球隊的選手。那我叫他過來。」三浦從放在附近椅子上的皮包裡拿出智慧型手機，不知道打電話去了哪裡。

圓華正在操作監視器，那由多走了過去。監視器螢幕上出現的是從捕手位置看石黑投球的影像，好像是剛才他們練習時試拍的。因為是高速攝影機拍攝的影像，即使用正常的速度播放，也會變成慢動作，一眼就可以看出石黑投的球軌道很複雜。

「太厲害了。」那由多小聲地說，「簡直就是魔球，根本沒辦法預測會投到哪裡。」

圓華露出冷漠的眼神看著他說：「這種說法並不正確。」

「那要怎麼說？」

「正確地說，」她停頓了一下，似乎在思考如何表達，然後繼續說道：「是來不及預測，但對你來說，說無法預測也沒問題，因為你應該不知道預測的方法。」

「難道妳知道？」

「因為這只是物理現象，世界上沒有不能預測的物理現象。」

那由多正打算問她是什麼意思時，聽到開門的聲音。往入口的方向看去，一個高大的男人走了進來。

他是石黑他們球隊的捕手山東。大學畢業後，幾年前參加新球員選拔會後進入球團。當初聲稱他是超級震撼彈的捕手，但目前還沒有看出任何震撼的跡象。

那由多不由地倒吸了一口氣。因為他想起山東和彈指球相關的一件事。

穿著運動外套的山東走過來後，鞠了一躬說：「辛苦了。」三浦也沒有特地介紹他，只是對筒井說：「那就開始吧？」

「麻煩兩位了。」筒井坐在監視器前，圓華站在他身後，那由多也站在圓華旁邊。

三浦舉起捕手手套做好接球的準備，石黑緩緩甩下手臂，用一如往常的姿勢投了第一顆球。從側面看，會以為是很普通的半速球，球速在一百一十公里左右。

但是，如果從捕手和打者的位置觀察，就會發現完全不一樣。石黑投的球時左時右，呈現完全難以預料的變化。雖然只是些微的晃動，但對直徑只有七點幾公分的棒球來說，這樣的晃動足以產生極大的影響。

「太厲害了。」筒井看著監視器小聲說，「球棒真的打不到。」

石黑投完第十顆球時，筒井說了聲：「辛苦了。」因為當初說好只拍十球。

「謝謝兩位，託兩位的福，拍到了珍貴的影像。」筒井向兩位投手和捕手道謝。

三浦站了起來，「可以稍等一下嗎？」說完，他跑去石黑面前，兩個人聊了幾句後，三浦又跑了回來，然後把山東叫了過去。不知道三浦對山東說了什麼，山東一臉不悅的表情。

「怎麼回事？」筒井在那由多耳邊問。

「不知道……」

三浦拍了拍山東的肩膀後，來到那由多他們面前。

「其實還有一個不情之請，可以再拜託你幫忙嗎？」他問筒井。

「請問是什麼事？」

「不是什麼困難的事，我會請石黑再投五、六顆球，希望你繼續拍攝。」

「那沒問題，對我來說，資料越多越好。」

「但是，由山東擔任捕手，這樣也沒關係嗎？」

「呃，要換成山東選手……」筒井露出困惑的表情，但立刻點了點頭說：「好。」

「不好意思，我立刻請他做準備。」三浦又跑去山東那裡。

山東脫下了運動外套，裡面穿著練習服。也許三浦已經事先告訴他，要請他當捕手接球。他戴上三浦交給他的捕手手套，向石黑點了點頭，在捕球位置蹲了下來。

三浦向石黑舉起手。

石黑開始投球。即使換了捕手，他的動作仍然沒有改變。投球的速度也和剛才幾乎相同，勾勒出隆起的緩和曲線。

因為三浦剛才很輕鬆地接到了球，所以那由多預測那顆球也會落入山東的捕手手套上。沒想到他猜錯了，山東沒有接到那顆球。球發出沉悶的聲音後，擦過手套邊緣，從側面用力彈了出去。

「對不起。」山東小聲說道，跑去撿球。
那由多和筒井互看了一眼，筒井微微偏著頭。
石黑的表情沒有任何變化，若無其事地踩著腳下的土。
但是，三浦無法保持平靜。他在山東耳邊小聲說著什麼，好像在指導山東。
石黑投了第二球。
沒想到山東還是沒接到。球稍微偏離了手套的位置，打到了山東身上。山東哂了一下，但似乎並不是因為疼痛的關係。
石黑在尷尬的氣氛中投完剩下三顆球。其中一顆是彈跳球，滾到山東後方。另一球再度打到山東身上。山東只接到最後一球，但也是勉強用手套前端勾住而已。
「辛苦了，這樣就可以了。」三浦對山東說完後，看著筒井說：「謝謝。」
「不，你太客氣了。」筒井搖了搖頭，然後指示圓華：「把攝影機和儀器收起來。」圓華點了點頭，開始收拾。
山東把手套還給三浦後，鞠了一躬說：「對不起。」
「別放在心上，重要的是以後。」
山東沒有回答，微微歪了歪頭，向那由多他們行了一禮後，走向出口。從他的背影就可以看出他的沮喪。

石黑走了過來，問筒井：「這樣可以了嗎？」
「足夠了，謝謝你，等分析結果出爐後，我會再和你聯絡。」
石黑聽了筒井的話，搖了搖手說：
「不用了，科學的事不重要。」說完，他轉頭看著那由多說：「工藤，那下次再麻煩囉。」
「辛苦了。」
石黑把放在椅子上的皮包扛在肩上走了出去。三浦目送他離開後，轉頭看著筒井說：
「請問可以稍微佔用你一點時間嗎？我有事情想要和你討論。」
「我嗎？」筒井露出困惑的表情問。
「對，雖然可能討論不出什麼結果。」
筒井瞥了那由多一眼後，對三浦說：「好啊。」
室內練習場旁就是休息室，那由多、筒井和三浦面對面坐著。圓華坐在隔壁的桌子旁。
「我想和你討論的，就是有關山東的事。」三浦用嚴肅的語氣提到。
「就是之後來的那名年輕選手嗎？」
「對，其實我希望他接我的棒。」
「接棒？那你呢？」

三浦嘴角露出笑容，「這件事，目前還沒有人知道。不瞞你們說，其實我已經力不從心了，恐怕撐不了多久。」

那由多大吃一驚。他第一次聽說這件事。「你身體哪裡有問題嗎？」

「渾身都有問題。」

「膝蓋。」圓華在一旁插嘴說，「兩個膝蓋都有問題，尤其是左膝蓋。」

三浦露出狐疑的眼神看著她問：

「妳怎麼知道？這件事並沒有對外公布，妳讀醫學系嗎？」

「不是，但只要看你走路就知道了。」圓華冷冷地說完後，輕輕搖了搖右手說：「對不起，我太多嘴了。」

那由多想起上個月的事。圓華也一眼就看出跳台滑雪選手的舊傷。

三浦一臉難以釋懷的表情，但還是轉過頭，看著那由多和筒井。

「她說的沒錯，左膝蓋的情況很糟，醫生說，即使動手術也沒救了。老實說，能夠打完這一季就是上天保佑了，但八成沒辦法。」

「這麼……」

那由多沒為三浦針灸過，但猜想他年紀不小，應該也有不少傷，沒想到情況這麼嚴重。

「我已經做好了心理準備。」三浦看著筒井，「但既然要引退，就必須先解決一個問題。」

「誰來接石黑投手的球嗎？」

「沒錯。」筒井點了點頭，「他的彈指球太厲害了，別人打不到他的球很正常，因為光是接他的球，就吃盡了苦頭。不過也因為這個原因，像我這種二流選手也有機會成為石黑專屬的捕手上場比賽，但也因為這個原因，所以必須隱瞞膝蓋的傷。一旦被人知道，只有對手球隊會感到高興。只不過正如我剛才說的，我已經力不從心了。」

「所以你要培養接班人。」

「就是這樣。當然，總教練和教練都瞭解我的身體狀況，從去年開始，就在討論到底該由誰來接我的班，最後，從幾名捕手中選中了山東。在上個球季石黑最後一次登板時，讓山東上場當捕手，這也是他首次進入一軍。」

「我知道那場比賽，」那由多說，「當時在網路上引起一番討論。因為是三浦先生以外的選手當捕手，所以我也很關心。」

「所以，你應該也知道結果？」

「對。」那由多低下頭。

「結果怎樣？」筒井問。

「起初很理想。一方面因為石黑的狀況不錯，第一局和第二局都順利讓對方三振出局，山東似乎也得心應手。但是——」

三浦愁容滿面地繼續說了下去。

「那場比賽中，當有跑者在壘上時，山東開始不太對勁。當壘上有跑者時，石黑為了防止盜壘，所以改成揮臂式投球，山東就連續接不到球，最後甚至在沒有安打的情況下也讓對方球隊得分。總教練看不下去，最後換我上場接手。」

「網站上也有這段影片。」那由多說，「在一局中漏接了四次？」

「五次。」三浦張開手掌。

「揮臂式投球時，球不容易接到嗎？」筒井問。

三浦搖了搖頭。

「沒這回事。即使是用揮臂式投球，山東在練習時都可以接到，沒想到會突然出狀況……應該是第一次漏接球讓他陷入崩潰。如果只是那場比賽失常，當然沒有問題，問題是自從那天之後，山東就再也接不到石黑的彈指球了。我相信你們剛才看了之後，也應該瞭解了。」

「剛才的確不像能接到球的樣子，雖然這麼說，可能有點失禮。」

「你說的完全正確，他完全失去了自信，似乎得了捕球失憶症。」

「捕球失憶症？」那由多瞪大了眼睛，「有這種病嗎？」

運動失憶症（Yips）源自高爾夫球，是指短距離擊球時，身體卻無法準確推桿的運動障礙。

「有啊，在棒球中，投手和野手無法順利投球的投球失憶症很有名，但偶爾也會有無法順利接到球的狀況，就連很普通的滾地球也接不到，或是漏接高飛球。據我的觀察，山東就屬於這種情況。」三浦將視線移回筒井身上，「麻煩的是，這種狀況很少會自然痊癒，如果不及時想辦法改善，只會越來越惡化。不瞞你們說，最近山東和其他投手練球時，接球也出了問題。」

「怎麼會……？」

「不，事實就是如此。」

「嗯。」筒井發出低吟，抱著雙臂，「所以，你想和我討論的是？」

「你不是要用科學方法研究石黑的彈指球嗎？雖然不能說是順便，但可不可以請你分析一下，為什麼山東無法接到球？我猜想是因為精神上的原因，但我想親眼確認一下，他的接球到底出了什麼問題。」

他剛才要求山東當捕手，似乎就是為了這個目的。

筒井有點為難地摸著下巴。

「我瞭解了，而且我個人也很有興趣，在分析影像時，我會從這個角度觀察，只不過如果是精神上的問題，不知道到底能不能分析出來。」
「這樣夠了，老實說，我現在是死馬當活馬醫。啊，不不，我不是說老師的研究是死馬……」
「有沒有考慮起用其他選手呢？」那由多問。
「目前還沒有。」三浦皺著眉頭，「總教練和教練也要求我在這件事上謹慎處理，如果輕易提拔其他選手，結果又像山東一樣陷入瓶頸就慘了，而且其他選手看到山東的情況之後，意願也不高。」
「那可真棘手。」
「石黑投手在這件事上有沒有表達什麼意見？」筒井問。
三浦不悅地搖了搖頭。
「什麼都沒說。照理說，他應該知道我膝蓋的問題，但一提到誰來接替的問題，他就一副事不關己的態度，我完全不知道他在想什麼。」
說完，他嘆了一口氣。

4

在拍攝石黑用彈指球投球的四天後，筒井打電話給那由多。

『我發現一件有趣的事，如果你有事來這裡，順便來找我一下。』

那由多剛好隔天要去附近，所以順便拜訪了位在長野縣的北稜大學「流體力學研究室」。

「彈指球比我想像的更複雜。」筒井在桌上打開筆電。

「什麼意思？」

「因為導致彈指球變化的因素實在太多了，而且這些因素會複雜地相互影響，根本無法簡單得出結論。」

筒井把電腦螢幕轉向那由多，螢幕上正用慢動作播放之前用高速攝影機拍攝的石黑投球狀況，影像很清晰，甚至可以清楚看到球上的縫線。

「這顆球上幾乎沒有承受任何旋轉的力量。通常投手投的球，無論是直球還是變化球，都會以高速旋轉，藉此維持軸的穩定，在落入捕手的手套之前都不會改變。這稱為陀螺效應，這也是腳踏車和陀螺不會倒的原因。指叉球是藉由抑制旋轉，增加空氣阻力的變化球，大幅下墜的程度出乎打者的預料。只是指叉球也會稍微旋轉，但彈指球幾乎沒有任何旋轉，所以軸很不穩定，再加上所承受的空氣阻力比指叉球更大。如果只是這樣，應該會垂直下墜。你仔細看，就是下一個瞬間。」

筒井指著螢幕說道。剛才完全沒有旋轉的球開始緩緩轉動。

「啊！」那由多叫了一聲。

「投球時，沒有施加任何旋轉力，但為什麼球在中途開始旋轉？原因就在縫線上。縫線微微隆起，這個部分承受了空氣的阻力，所以產生旋轉。這和用風吹靜止不動的電風扇，電風扇葉片也會旋轉是相同的原理。問題在於當球旋轉時，前進方向和縫線的位置會發生變化，所以承受的空氣阻力也會產生新的變化，導致球往左或是往右偏移。當球稍微偏移後，又會改變所承受的空氣阻力，導致偏離軌道，也就是會在晃動的同時下墜。」

當球落入手套後，筒井停止播放。

「大致來說，彈指球就是這樣的變化球，如果再加上空氣的黏性和濕度，以及氣壓的影響等因素，難怪連投球的人也無法預測到底會有什麼變化。」

那由多忍不住苦笑起，「看來真的很棘手啊。」

「正因為棘手所以很值得研究。我打算再仔細分析，目標是完全模擬彈指球的軌道。」

「有辦法做到嗎？」

「在理論上可以做到，因為只是幾個物理現象同時出現而已。」

那由多聽到筒井這麼說，不由地想起圓華之前說過的話。她說可以預測彈指球的去向，還說沒有無法預測的物理現象。

「好了。」筒井把筆電拉到自己面前，「剛才這些是引子。」

「只是引子而已嗎？」

「接下來才是正題。」

筒井操作筆電，在螢幕上顯示了另一段影片。影片中出現了山東的後背，那是他當捕手時的影像。

「這是三浦選手拜託的事吧？有沒有發現什麼？」

「嗯，你先看一下再說。」

影片中，山東沒有接到石黑投的球。雖然看不到山東的臉，但不難想像他臉上浮現出焦急的表情。

筒井操作著鍵盤，放慢了播放的速度，同時放大了山東的手。

「我詳細調查山東選手接不到球的原因後，發現他接球前，手套移動了。」

「手套？」

筒井敲著鍵盤，又出現了另一個畫面。螢幕在正中央分成兩半，左右兩個畫面都出現了捕手的手套。

「左側是三浦選手的捕球動作，右側是山東選手，為了方便瞭解，我讓兩次接球的動作同步。」

球幾乎在相同的時機出現在兩個畫面中，左側的球穩穩地落入手套中，右側的球則飛離了手套，但其實是因為手套移動造成的。

「真的欸。」那由多小聲嘀咕。

「石黑投手為山東選手投了五次彈指球，手套每次都在接球前稍微移動了一下。我認為這就是漏接的原因。」

「為什麼會這樣？」

「我也不知道，我猜想是精神因素造成的。」筒井操作電腦，關掉了影片，「你把這些資料拿去交給三浦先生。」

「好，我最近會和他見面，到時候會帶給他。」

「雖然我很希望可以和你一起去，但我還有很多事要處理，所以沒有時間。如果你不介意，可以帶圓華一起去。」

聽到意想不到的名字，那由多看著筒井問：「帶她一起去？」

「因為她幫了不少忙，關於這份資料，她應該也可以完整說明。」

「她真的在當你的助手嗎？她之前說對亂流有興趣，那是怎麼回事？」

「你也知道，她母親被捲入北海道發生的一場巨大龍捲風後不幸身亡，所以她有野心，想要預測龍捲風和下爆氣流之類的異常氣象，但必須瞭解亂流之謎，才能夠做到這一點。她似乎認為瞭解彈指球和亂流密切相關。」

「這麼高難度的問題……她不是才十幾歲嗎？」

「你也知道，她具備特殊能力，就是能夠憑直覺綜合掌握流體動向的能力，所以我對她也很有興趣，不知道在有關彈指球的問題上，她會不會又有什麼驚人之舉。」

「她的確很令人在意……」

「對不對？所以我希望你帶她一起去。」筒井打開抽屜，拿出一張卡片。

上面寫著羽原圓華的名字和手機號碼。

5

「果然是這樣啊。」三浦看著筆電螢幕，皺著臉說，「他用手套去抓球，這樣當然接不到彈指球。」

筆電螢幕中播放的是比較三浦和山東接球動作的影片，就是那由多之前在筒井的研究室看過的那段影片。

那由多正準備伸手去拿咖啡，不由地停下了手。

「果然……所以你早就知道原因了嗎？」

三浦不悅地微微點頭。

「接彈指球的訣竅，就是直到最後一秒都不能鬆懈，等待球飛進手套。因為球在下墜的同時會晃動，所以會忍不住想要伸手去抓球，但必須忍住。山東以前可以做到這一點。」

他們在東京都內某家飯店的咖啡廳，因為座位在最後方，所以不必擔心被別人聽到。

「為什麼他現在做不到了？」

「直接原因當然是之前那場比賽。」

「就是連續漏接球的那場比賽嗎？」

「對，當石黑開始用揮臂的方式投球後，他就接不到了。我猜想真止的原因並不是揮臂式投球，而是壘上有跑者。他覺得絕對不能讓跑者盜壘，這種想法太強烈了。彈指球的速度不快，所以跑者很容易盜壘，正因為這樣，石黑才會改用揮臂的方式投球，山東應該也想趕快接到球，沒想到漏接了，讓跑者上了二壘。結果他就更急了，緊張地覺得下一次非接到球不可，於是又去抓球。當再度失誤時，他就陷入了恐慌。我猜想他就是陷入了這種惡性循環。雖然只要忘記之前的失誤，就可以解決問題，但他個性很老實，所以沒辦法做到這一點，反而變成了一種心理創傷。」

「既然這樣，只要讓山東選手看這段影片不就解決了嗎？只要知道原因，不是就可以修正嗎？」那由多從放在一旁的皮包內拿出一個扁平的盒子，「這個ＤＶＤ－Ｒ內有相同的影片。」

三浦想了一下之後，接過ＤＶＤ－Ｒ。

「我會給他看，但我認為沒這麼容易解決。運動時的習慣往往不太能夠改過來，尤其是這種瞬間的動作，而且是因為精神因素造成的，恐怕很難修正。我認為最重要的是讓他找回自信，只要他找回自信，我相信一定可以再接到球。問題在於他目前完全沒有自信，真不知道該怎麼辦。」

「別管他就好了啊。」坐在那由多旁的圓華說。

「啊？」那由多看著她的臉，「什麼意思？」

「當選手面臨瓶頸，別管他就好。既然是職業選手，就應該靠自己的力量重新站起來。如果做不到，就別再打球了。」

三浦苦笑著說：「妳還真嚴厲啊。」

「妳根本不瞭解職棒的世界，說話別這麼狂妄。」那由多說。

圓華露出納悶的表情看著那由多，「說實話就是狂妄？」

「不，妳說的對，」三浦對圓華點了點頭，「職業選手的確應該這樣，照理說，不會有任何人伸出援手。相反地，在職棒世界，當其他選手遇到瓶頸時，在暗中偷笑的人才能生存。」

「既然這樣，你為什麼要幫助山東選手？」圓華問。

「因為是我挑選了他。」

「挑選？」

「當總教練和教練針對接替捕手的問題徵求我的意見時，我推薦了山東。因為我聽和他關係很好的人說，他進入球團後，就暗中以我為榜樣。他不是以一軍的正式捕手，而是把我這個備用捕手視為榜樣，說想要學習我對棒球的態度。雖然這種話聽了讓人很難為情，但還是很高興，所以我也希望他能夠接到石黑的彈指球。事實上，他在練習的時候都可以順利接球，只是沒想到現在變成這樣，就連他的選手生命也岌岌可危。如果我當初沒有推薦他，就不會有目前這種情況了。每次這麼想，就覺得很對不起他。」

「但是，山東選手當初也可以拒絕吧？」

「選手無法違抗總教練的命令，而且，他自己應該也沒料到會變成這樣的結果。」

「你提供了機會，是他自己無法把握機會，我覺得你沒必要為這件事自責。」

「俗話不是說，爛攤子要自己收拾乾淨嗎？如果我就這樣引退，留下這個爛攤子，我可能睡覺也沒辦法安穩。」三浦對圓華笑了笑之後，轉頭看著那由多，「筒井老師的分析給了我很大的參考，代我向老師問候。」

那由多拿起腳邊的紙袋遞給他，「這是長野特產的酒，筒井老師送的，謝謝你協助他的研究。」

「那怎麼好意思，照理說，我應該向他道謝才對。」三浦接過紙袋時，看著那由多的腳下。那裡還有一個紙袋。「你還要去和石黑見面嗎？」

「我打算等一下去見他。」

「是嗎？那……」三浦似乎想到了什麼，「那你可不可以不經意地向他打聽一下，他對接替捕手的問題有什麼想法？雖然他什麼都不告訴我，但也許會對你透露自己的想法。」

「好。」

「那就拜託了。」三浦站了起來，對圓華說：「謝謝妳嚴厲的意見。」然後走了出去。

圓華用吸管喝完柳橙汁後，重重地嘆了一口氣。

「真麻煩，其實他根本不需要考慮自己引退之後的事啊。」

「這就是男人的世界，妳不瞭解。」

「你就瞭解嗎？」

「我當然瞭解。」
「哼。」圓華不看那由多，用吸管攪動著大玻璃杯裡的冰塊，發出嘎啦的聲音。
「我等一下要去見石黑先生，那妳呢？」
「我也要去，我想確認一件事。」
「是喔，確認什麼事？」
圓華露出冷漠的眼神看著那由多，「說了也是白說。」
「那妳說說看。」
「關於亂流的事。」
那由多皺起眉頭，「又是這個？」
「我就說嘛，說了也是白說。」
三十分鐘後，他們出現在健身房的大廳。這裡有球團的練習場內沒有的特殊健身器材，石黑每個星期都會來這裡練習幾次。
石黑很快就現身了。他在毛衣外穿了一件夾克。
打完招呼後，那由多把筒井請他轉交的酒遞給石黑。
「我沒做什麼值得他感謝的事，但既然你都帶來了，那我就收下了。」石黑瞇起眼睛，接下了紙袋，「上次投球對他的研究有一點幫助嗎？」

「老師很高興，聽說詳細的情況要接下來好好分析。因為太深奧了，我也搞不太懂。」
「我想也是，就連投球的本人也搞不清楚那些理論。」
「石黑先生，」圓華開了口，「你是亂流的魔術師。」
「亂流？」石黑訝異地皺起眉頭。
「好像是物理用語。」那由多向他說明。
「是喔。」石黑似乎沒有太大的興趣，看著圓華說：「雖然我也搞不太懂，但可以當作是稱讚嗎？」
「當然是稱讚。」
「那就謝謝囉。」
「我可以請教一件事嗎？」
「什麼事？」
圓華從拎在手上的皮包裡拿出一顆棒球。
「我想請你教我要怎麼握球。」
「喂喂，」那由多在一旁插嘴說，「這是商業機密，怎麼可能教妳？」
「不，沒關係。」石黑伸手從圓華手上把球拿了過來，「即使在網路上公布也沒關係，打者不可能因此打到我的球，其他投手也沒辦法模仿——就像這樣。」他的食指和中指用力彎曲後扣在球上，用大拇指和無名指夾住球，「投球的時候，用食指和中指用力彈出去，在彈出去之前，鬆開大拇指和無名指。只有大拇指壓在縫線上。」

「不會改變縫線的位置吧？」

「對，每次都一樣。」

「那如果這樣握球，投出去會有什麼結果？」圓華把石黑握著的球轉了三十度。

石黑的眼神頓時嚴肅起來，他用嚴肅的眼神看著圓華問：「妳覺得會怎麼樣？」

「應該就不會變化了。」圓華看著石黑回答，「只會直直地下墜，我說對了嗎？」

石黑瞪大了眼睛，緩緩用力點頭。

「沒錯，妳說的完全正確，不會產生彈指球特有的晃動，和普通的慢速球沒什麼兩樣。」

「是這樣嗎？」那由多眨著眼睛，注視著石黑手上的球。

「為了掌握彈指球，我試過各種握法。雖然我都同樣用努力讓球不旋轉的方式投球，但握球時，縫線的位置不同，變化的程度也會產生不同。目前的握法變化最大，也最容易控球。她剛才說的那種握法最沒有變化。」石黑將視線移回她身上，「筒井老師的研究連這種事也知道嗎？太厲害了。」

「厲害的是你。你果然是亂流的魔術師，我認為是一種藝術。」

「謝謝，任何男人被年輕女生稱讚，都不可能不高興。」石黑說完，把球交還給她。

「無論如何，都要好好培育捕手，才能夠接到這種充滿藝術的魔球。」那由多說，「我聽三浦先生說了，他說他的膝蓋已經撐不下去了。」

「好像是，但應該還可以再撐一陣子吧。在那之前，只能請他好好接住我的球。」

「那之後怎麼辦？」

「沒怎麼辦。既然沒捕手，就沒辦法了，我也就沒有用武之地了。」

「既然這樣，不是應該培育接替的捕手嗎？接替三浦先生的捕手。」

石黑用鼻子吐氣。

「我是投手，沒辦法培育捕手。雖然我會投彈指球，卻不知道接球的方法。就連知道方法的三浦也沒辦法培育接替的捕手，我根本無能為力。」

聽到石黑心灰意冷的回答，那由多突然想到一件事。

「該不會……石黑先生，該不會在三浦先生引退之後，你也打算引退？」

石黑吐了一口氣，「嗯，應該就是這麼一回事吧。」

「這——」

那由多正想反駁，石黑伸手制止了他。

「我沒有遺憾。我之前也說過，三十多歲進入職棒時，我就沒抱什麼希望，多虧了三浦，我才能走好運。日本首位全場彈指球投手的名稱雖然好聽，但其實只是雜耍。三浦陪了我這麼多年，已經足夠了。投手不是經常稱和自己搭檔多年的捕手是老妻嗎？我們一起走到今天，最後也要同進退。」

「石黑先生……」

「我已經存了點錢，差不多該考慮自己的第二人生了，引退的時機也剛好。」

「總教練……高層是怎麼想的？如果你離開了，不是會對球隊造成很大的打擊嗎？」

「目前的總教練只做到今年為止，所以應該希望三浦的膝蓋可以撐到年底。高層的工作就是展望未來，不會專程為即將引退的投手培育專屬捕手。我也不想再連累年輕選手了。」

「連累……」

「如果因為和我沾上邊而毀了前途，會讓我良心不安。」

從石黑痛苦的表情中，可以感受到他對毀了山東感到自責。他之所以決定一旦三浦引退，自己也要離開，應該擔心被指名為接替的選手也像山東一樣。

「這太奇怪了。」圓華突然大聲說道，「因為沒有人能夠接球，就要放棄繼續投那種充滿藝術的球，絕對有問題，世界上能有幾個人能夠像你一樣控制那種亂流？」

「妳又在稱讚我吧？謝謝。」石黑落寞地笑了起來，「話雖這麼說，但如果沒有捕手，就沒辦法打棒球。」

「所以，」圓華看著半空，「只要那個選手重新站起來就沒問題了，就是那個姓山東的廢物。」

「別再逼他了，」石黑在臉前輕輕搖手，「我希望他趕快擺脫彈指球，希望他趕快找回原本的實力。」

「但不是沒有其他人可以成為你的專屬捕手嗎？」

「是啊，但我已經放棄他了。」

「即使你放棄了，我還沒放棄。難以想像竟然無法再看到那麼出色的彈指球。」

圓華好勝地瞪大眼睛，那由多看著她，內心震了一下。因為他發現圓華露出和上次相同的表情，就是命令已經決定引退的跳台滑雪選手再跳一次時的表情。

「妳這麼說，我當然很高興，但我也無能為力。」石黑微微攤開雙手，「別再提這件事了，到此為止。」說完，他準備站起來。

圓華右手握拳，放在嘴邊，露出思考的表情。石黑有點不知所措地看著那由多。

「雖然我不知道能不能成功，」圓華開了口，看著那由多說，「但我想試一件事。聽三浦先生說，只要山東選手能夠找回自信，問題就解決了。」

「是啊。」

「既然這樣，就很值得一試。」

「試什麼？」

「在說明之前，石黑先生，我想拜託你一件事。」

「什麼事？」石黑問。

「請你投一個變化最猛的彈指球。」圓華再度拿起剛才的球遞給石黑，「對著我投。」

6

那由多走進室內練習場，發現三浦和石黑正坐在椅子上聊天。

「不好意思，還請你們特地跑一趟。」那由多走過去，向他們鞠躬說道。

「石黑告訴我的時候，我還以為他在惡整我，既然你也來了，看來不是這麼一回事。」三浦一臉納悶地說。

「當然。」

「我無論如何都無法相信，那個女生真的有辦法做到嗎？」三浦微微偏著頭，「而且她那麼瘦。」

「據她說，這和身體無關。女子棒球選手中，還有比她更嬌小的女生。」

「也許吧……」

石黑竊笑起來，肩膀搖晃著。

「不管我怎麼說明，三浦就是不相信，但這也不能怪他，因為就連我也一樣。不瞞你說，我至今仍然無法相信，甚至覺得會不會全都是夢。」

「老實說我也是。」那由多說：「我嚇到了，也無法相信，但全是現實，並不是夢。」

「嗯，我知道，所以我才同意加入，也請三浦協助。」

那由多巡視周圍，練習場內沒有其他人。

「山東選手呢？」

「他在訓練室，」三浦回答，「只要我打一通電話，他馬上就過來。」

「你是怎麼對山東選手說的？」

「我沒有告訴他詳情，只說有關於彈指球的接球問題，想讓他看一些東西。」

「他說什麼？」

「沒特別說什麼，只是有點意興闌珊。」

「他可能不想看到我，」石黑愁眉不展地說，「工藤，這是最後一次，如果這次不行，就真的只能放棄了。」

「你在說什麼啊，請你別這麼說。」

「不，我已經決定了。」

「這……」

「喂喂！」三浦皺起眉頭，「現在還沒開始，現在不需要思考萬一失敗的事。」

「沒錯。」石黑說，「對了，主角在哪裡？」

「應該馬上就到了。」

那由多的話音剛落，立刻聽到開門的聲音。那由多轉頭一看，不由地倒吸了一口氣。因為圓華和一個女人走了過來。那個女人穿著和眼前的場合很不相襯的黑色長褲套裝，雖然很漂亮，但臉上沒什麼表情，懶洋洋地瞇著眼睛。

最引人注意的是圓華的打扮。她身上戴著捕手專用的護具。

石黑噗哧一聲笑了起來，「她穿起來有模有樣啊。」

「那是什麼？少年棒球的護具？」三浦問。

「聽說是女子壘球的。」

「喔喔，原來是這樣。」

圓華走到他們面前，冷冷地說：「讓你們久等了。」

「我們正在說，妳穿起來有模有樣。」那由多指著她的護具說。

「其實根本不需要這種東西，只是增加重量而已。」

「真是太有自信了。」三浦驚訝地嘀咕。

那由多將視線移向穿著套裝的女人，「我是工藤那由多，妳是桐宮小姐吧？」

「對。」那個女人回答，「謝謝你這麼照顧圓華。」

「他才沒有照顧我，是我在幫他。」

桐宮女士皺起眉頭，「這叫寒暄。」

「不，圓華說的沒錯，這次也是她幫忙我們，而且還強人所難地讓妳來這裡，真的很抱歉。」

桐宮女士嘆了一口氣。

「這並不是圓華第一次提出強人所難的要求，但老實說，這次我很想拒絕。因為我從來沒有演過戲。」

「我不是說，如果妳不想幫忙可以拒絕嗎？」圓華嘟著嘴。

「如果我拒絕，妳打算找別人吧？」

「那當然啊。」

「這才傷腦筋，所以我才答應。之前再三提醒妳，不要隨便在別人面前展現妳的能力，妳根本不聽話。」桐宮女士把標致的臉轉向那由多他們，「也順便拜託各位，圓華的事請不要四處張揚，今天這裡進行的事也不要對外透露，這是我提供協助的條件。」

那由多和石黑、三浦互看一眼後，對桐宮女士點點頭說：「我們可以保證。」

桐宮女士點了點頭，似乎覺得既然他們答應，就只能提供協助了。

「那可以請你叫山東選手過來嗎？」那由多對三浦說。

三浦從口袋裡拿出智慧型手機開始打電話。

「欸，」石黑在那由多耳邊小聲問：「那個女人是誰？」

「我也不太清楚。」那由多也小聲地回答，「聽圓華說，好像是她父親的祕書，祕書兼監視她的人。」

「監視她喔，她可能真的需要有人監視。」

石黑看著圓華的眼神不是好奇，而是對不可捉摸的人所產生的畏懼。

「不過，還是會有點緊張。」石黑改變了說話的語氣，「我也從來沒演過戲，不知道能不能成功。」

「你只要默默投球就好，其他就交給我們。」

「嗯，那就拜託了。」

那由多看向圓華，她完全沒有緊張，正在和桐宮女士鬥嘴，只聽到她們提到「拉普拉斯」這幾個字，但那由多不知道那是什麼意思。

門打開了，穿著練習服的山東走了進來。他可能看到了圓華的打扮，所以看向那由多他們時，露出了訝異的表情。
山東走到那由多他們面前，自言自語地問：「等一下到底要幹嘛？」
「想讓你看一些東西。」那由多對山東說完後，看著石黑和三浦說：「請兩位開始練習投球。」
石黑點了點頭，拿起放在椅子上的手套。三浦也拿起了捕手手套。
兩個人各就各位後，石黑開始投球。他投的當然是彈指球。
「老師，」那由多對桐宮女士說：「可以麻煩妳嗎？」
「好——那就走吧。」桐宮女士帶著圓華走到三浦的後方。
「她們要幹嘛……」山東小聲嘀咕。
「我們也過去吧。」
桐宮女士和圓華在三浦正後方並排站在一起，那由多站在她們旁邊。
石黑投的球一如往常地微妙晃動，讓人不由地佩服，三浦竟然能夠接到球。那由多偷偷觀察山東，發現他微皺著眉頭，似乎在自責，為什麼自己無法像三浦那樣接到球。
桐宮女士把手放在圓華的肩上。
「妳可以接到，不可能接不到。只要伸出捕手手套，球就會自動跑進去。妳可以接到，一定可以接到。」

桐宮女士說這些台詞時的聲音完全沒有起伏，聽起來好像咒語。那由多明知道是演戲，但可怕的感覺還是讓他忍不住感到心裡發毛。

「妳可以接到。」桐宮女士又說了一次之後，拍了拍圓華的肩膀，轉頭看著那由多說：

「完成了。」

「對。」

「已經沒問題了吧？」

「圓華，那就開始吧。」

圓華點了點頭，走去三浦的位置，代替他坐了下來，舉起捕手手套。

「怎麼可能？」山東叫了起來，「她當捕手？太荒唐了。」

三浦走了過來，臉上帶著不安的表情。

「三浦先生，這是怎麼回事？怎麼可以讓那個女生當捕手？」山東激動地問，口水都噴了出來。

「我也半信半疑，但工藤說絕對沒問題……」三浦的話聽起來不像是演出來的。八成是他的真心話。

石黑在眾人矚目下開始投球，所有人的視線都盯著球。

球離開了他的手，下一剎那——

呼。隨著一聲響亮的聲音，圓華的手套接住了球。

「唏！」那由多聽到耳邊響起這個聲音，那是山東發出的。應該是在倒吸一口氣時，不小心漏出來的聲音。

所有人都默不作聲，三浦也露出極度驚訝的表情，他看著那由多的雙眼似乎在說，原來石黑說的話是真的。

圓華把球丟還給石黑。硬球很重，在半空中畫出一條拋物線，而且沒有丟到石黑那裡。中途掉落在地，滾到石黑面前。

石黑又投了第二球，圓華又成功地接到了球。即使是外行，也知道她接得很穩。

第三球、第四球——圓華接連接住了好幾球。雖然對職業投手來說，球速並不算快，但時速也超過了一百公里，而且即使站在那由多他們的位置，也可以清楚發現石黑投出來的球有微妙的變化。

當圓華接住第五顆球時，那由多對圓華說：「ＯＫ，可以了。」然後看著山東問：「你覺得怎麼樣？」

「難以相信……」山東一臉茫然地搖了搖頭，「為什麼那個女生可以接到？簡直就是魔法。」

「這不是魔法，而是科學。」桐宮女士用冷漠的語氣說。

「妳對她做了什麼……？」

「山東先生，」那由多說：「我為你介紹一下，這位是開明大學心理學研究室的桐宮老師，桐宮老師正在研究利用催眠術激發人類的潛能。」

「催眠術？」山東的眼神中夾雜著困惑和懷疑。

「但並不是隨心所欲地操控別人，或是突然讓對方睡著。」桐宮女士說話的聲音仍然沒有起伏，「只是引導對方發揮出原本具備的潛力。」

「原本具備的？那個女生原本就具備了接彈指球的潛力嗎？」

「不光是她，理論上，任何人都可以接到。」桐宮女士繼續說道，「只需要具備動體視力和敏捷性。」

「聽了這些，你應該知道找你來這裡的原因了吧？」三浦走過來說，「老師可以協助你像以前那樣接到彈指球。」

山東的眼神飄忽著，因為太出乎意料，所以有點不知所措。「為我催眠？」

「你要不要試試？據說沒有副作用。」

「……石黑先生也同意嗎？」

「如果不同意，他今天就不會來這裡。」

山東低頭不語，他應該仍然無法相信。但是，無論怎麼看，十幾歲的女生接到了石黑的球這件事都是事實。即使再怎麼難以置信，他也只能接受。
圓華走了過來，用眼神問那由多目前的狀況。那由多微微偏著頭。
不一會兒，山東抬起頭，看著桐宮女士問：「我該做什麼？」
那由多和三浦互看了一眼。山東似乎心動了。
「你要接受催眠？」桐宮女士問。
「如果可以接到彈指球的話。」
桐宮女士點了點頭，似乎表示「很好」。
「因為你之前經常看石黑先生投球，所以不需要特別做什麼，只要放鬆身體。」她走到山東身旁，把手放在他肩上，「你可以接到球。」她像剛才對圓華說的時候一樣，用平淡的語氣說：「你可以接住石黑投手的球，不可能接不到。」
「一定可以接到。」桐宮女士最後說完這句話，拍了拍他的肩膀說：「可以了。」
「這樣就結束了？」山東的表情有點失望。
「對。」桐宮女士點了點頭，「這樣就結束了。」
三浦把捕手手套遞給山東，「你試試看。」
山東戴上手套的同時，走向捕手區，向石黑鞠了一躬後，在捕球位置蹲了下來。
石黑看著那由多他們的方向，眼神似乎在說：「我要開始了。」那由多點了點頭。

石黑高舉手臂。他用平常的姿勢，像平常一樣投了球。球維持像平常一樣的速度，在半空中勾勒出拋物線，發出響亮的聲音落入了山東的手套中。

「喔！」三浦叫了起來，「太好了！接得好！」

山東愣在那裡。不知道是因為相隔多日，終於又接到了球，暗自鬆了一口氣，還是為催眠術的效果感到驚訝。因為站在他的背後，無法看到他臉上的表情。

他把球丟還給石黑，蹲下來後，再度舉起手套，做好接球的準備。

石黑投了第二顆球，成功地被山東的手套吸了進去。

第三球也順利接到了，而且接球很穩定，和之前判若兩人。

沒想到山東突然站了起來，沒有把球丟還給石黑，回頭看著那由多問：

「這是怎麼回事？」他的聲音中帶著怒氣，然後又轉頭看著投手丘問：「石黑先生，你剛才投的不是彈指球吧？」

「是彈指球啊。」石黑回答，「你沒看到嗎？球根本沒轉啊。」

「球的確沒轉，但也沒有變化。不，是你故意讓球沒有變化吧？你們到底想幹嘛？」

石黑不發一語，面不改色地注視著山東。

「我知道了！」山東大叫起來，「你們聯合起來想要騙我！是不是這樣？」

沒有人回答，山東可能越想越氣，罵了一聲：「媽的！」把球和手套丟在地上。

「山東，你不要激動。」三浦跑了過來。
山東似乎沒有看到前輩，來到那由多他們面前。
「是你在搞鬼嗎？」山東用佈滿血絲的眼睛看著那由多問，「什麼催眠術，什麼潛力，剛才我就覺得很可疑。你們是不是所有人都聯合起來？請石黑先生投沒有變化的球，讓我可以接到，然後讓我產生錯覺，以為自己接到了彈指球，搞不好之後就真的可以接到真正的彈指球。你們以為我是豬嗎？只要被吹捧一下，就會爬樹嗎？不好意思，我頭腦沒這麼簡單。」他的怒吼聲響徹室內練習場。
那由多絞盡腦汁，思考著該怎麼回答。山東識破了詭計，徹底識破了。
「莫名其妙，在生什麼氣啊？」沉默中，圓華走到山東面前說，「你說的沒錯，催眠術是騙人的，是胡說八道，大家想要騙你。但是，你覺得大家為什麼要這麼做？難道大家想要嘲笑你嗎？不好意思，大家可沒這麼閒。為什麼要做這種事？當然是因為希望你可以成為像樣的捕手啊。」
山東聽到她的反擊，露出一絲怯弱的表情，但隨即再度瞪著眼睛說：
「不要假好心，我不希望別人同情我。」
「誰同情你了？豬頭。那我問你，剛才我接的是什麼球？那也不是彈指球嗎？是沒有變化的，普通的慢速球嗎？你剛才在後面看，應該看得出來吧？」

山東的眼神不安地飄忽起來。圓華說的沒錯，山東無法否認，她剛才接到的是如假包換的彈指球。

「那……那是不是也動了什麼手腳？」

「動手腳？開什麼玩笑！你應該最清楚，靠這種花招不可能接到石黑先生的彈指球！」圓華拿下手上的捕手手套，把左手伸到山東面前，「你自己看啊。」

山東臉色大變。那由多也看著她的手，忍不住倒吸了一口氣。圓華的手腫了起來，而且變成了青紫色。

「為了演出這場鬧劇，我必須能夠接住彈指球，所以我練習了。為了能夠成功接到彈指球，我練習了很久。雖然石黑先生中途叫我放棄，但是，我沒有放棄，因為我想繼續看到石黑先生充滿藝術感的彈指球。他明明還可以投，我不希望他因為沒有捕手而引退。因為我知道需要捕手，不管是誰都好。結果就留下了這片瘀青。同情？剛好相反，老實說，我超火大，因為如果你再爭氣點，我就不需要吃這些苦頭了。連我這種小女生努力一下，就可以接到球，職業選手到底在幹嘛？」

圓華一口氣說道，山東畏縮地後退了幾步。他低頭不語，似乎無言以對。

「算了，你就像敗犬一樣逃避啊。桐宮小姐，我們走！」圓華說完，快步走向出口，桐宮女士跟在她身後。

她們離開後，山東仍然不發一語。沒有人說話，時間慢慢流逝。

不一會兒，石黑從投手丘走了過來。

「怎麼辦？」他問山東，「你要當敗犬逃避嗎？還是展現你的志氣？如果是後者，我也會協助你。陪那個女生練習時投了多少球，我也可以為你投多少球。怎麼樣？」

原本站在那裡一動也不動的山東緩緩看向石黑，「你真的和她一起練習？」

「難道你覺得她不用練習，就可以接到嗎？你比任何人更清楚，如果不練習，根本不可能接到我的彈指球，她剛才不是也說了嗎？」

「難以相信。」山東小聲嘀咕。

「所以你才接不到。」三浦說，「因為你不相信只要練習，就可以接到球，所以才接不到啊。」

「我並不是、不相信……」山東低吟道。

「你打算怎麼辦？」石黑再度問道，「你趕快決定。不好意思，我沒太多時間。」

山東用窺視的眼神看著石黑，「捕手是我……沒關係嗎？」

「除了你以外，沒有其他人，我也很無奈啊。」

三浦撿起捕手手套走向山東，「給你。」他把手套遞給山東。

山東注視手套片刻，接了過來，邁開步伐，走到本壘後方，點了點頭，似乎下定了決心，然後轉向石黑。

「拜託了。」說完，他拍了一下手套，蹲了下來。

7

圓華聽那由多說完，冷冷地回了一句：「是喔，原來成功了，真是太好了。」然後用吸管喝著蘋果汁。

他們正在之前和三浦見面時來過的這家飯店咖啡廳。那由多約了圓華見面，告訴她上次演的那齣戲的來龍去脈。

「妳怎麼好像不太高興？以後不是可以繼續看到石黑先生的彈指球嗎？多虧了妳，妳的策略成功了。」

圓華聳了聳肩。

「沒有你說得這麼厲害，雖然策略成功了，但如果按照我原本設計的劇本，現在就失敗了。」

「這也不能怪妳，畢竟妳不是職棒選手。」

圓華嘆了一口氣說：

「現在我終於瞭解到，只有職棒選手才能理解職棒選手的心情。」

「妳別想這麼多，應該感到高興，石黑先生和三浦先生也很感謝妳，要我向妳道謝，還說下次要邀請妳去看比賽。當然是石黑先生先發的比賽。」

「既然這樣，那我要擋球網後方的座位。」

「我會轉告，話說回來——」那由多看著圓華還有幾分稚氣的臉，緩緩搖了搖頭說：「妳這次又讓我大開眼界。」

「這句話我已經聽膩了。」

「這是事實啊，有什麼辦法。尤其是妳第一次接到石黑先生的彈指球時，我真是嚇破了膽。」

那由多回想起一個星期前的事。那天和石黑在健身房見面，圓華對石黑說了奇怪的話。她說希望石黑對著她投彈指球，而且又繼續說道：「我會接住你的球。」

那由多聽不懂她這句話的意思，以為是什麼比喻。石黑似乎也一樣，所以問她是什麼意思。

「我是說，」圓華說道：「我會接到你的彈指球。」

「妳是認真的嗎？不是開玩笑也不是比喻？」那由多見石黑說不出話，代替他問。

「當然是認真的，怎麼可能開這種玩笑？」

那由多用力揮著手臂。

「就連職業捕手也很難接到，妳怎麼可能接得到？」

「那如果我可以接到呢？」圓華狠狠瞪著那由多。

「如果、這……」那由多一時詞窮。

圓華轉頭看著石黑，「如果我接到了，你願意接受我的提議嗎？」

「提議？」

「我有一個培育你的新專屬捕手——三浦先生接班人的計畫。」

石黑為難地看著那由多，然後看著圓華問：「妳有打棒球的經驗嗎？」

「我不需要這種經驗，只要有判讀亂流的能力就好。」

那由多聽了圓華的話，忍不住大吃一驚。他想起了上次跳台滑雪比賽的事。他上次就隱約察覺到，這個女生具備了超越常人的能力。

她也許有辦法做到——那由多不由地這麼想。

「石黑先生，可以讓她試一下嗎？」

「試一下？你是說讓她當捕手嗎？」

「對，我說不清楚，但她具備神奇的能力，也許真的可以接住你的球。」

「不是也許，是真的可以接到。」圓華對那由多說完後，看著石黑說：「拜託你了，這對你也有幫助。」

石黑一臉不知所措的表情嘀咕說：「開玩笑吧……」他可能懷疑圓華在調侃他。

「我去安排練習場。」那由多站了起來。

大約一個小時後，石黑和那由多在沒有其他人的夜間室內練習場，親眼證實了圓華並沒有說謊。

「妳受傷可不要怪我。」石黑說完這句話，投了彈指球，圓華漂亮地接住了。而且她只戴了捕手手套而已，完全沒有戴任何護具。

石黑說無法相信，又連續投了五球，圓華全都接到了。雖然其中一球是彈跳球，她也照樣接到了。

「簡直太驚訝了。」石黑一臉茫然地站在那裡。

「我剛才不是說了，她有特殊的能力。」

「是超能力嗎？我很想說，怎麼可能有這麼離譜的事。」石黑拿下手套，做出投降的動作，「看來不得不相信了。」

「你會遵守約定吧？」圓華問石黑時，臉上並沒有露出得意的表情。

「妳到底想幹嘛？妳要我做什麼？」

「不是什麼困難的事，只是希望你演一場戲。」

「演戲？」

於是，圓華提出要用催眠術演一場戲。沒有打過棒球的女生接受催眠後，可以接住石黑的彈指球。圓華的劇本是——讓山東看完這戲場之後，也接受催眠。當然並不是真的催眠，然後由石黑故意投沒有變化的球，山東應該能夠接到。因為球沒有旋轉，他誤以為自己能夠接到彈指球。只要他有這種自我暗示，問題就簡單了。他認為自己已經沒問題，對自己越來越有自信之後，也許就真的可以接到彈指球了。

那由多覺得這個主意很有趣。山東看到像圓華這麼瘦小的女生也可以接連接到石黑的彈指球，也許會相信催眠術。

但是，石黑有不同的意見。他認為一旦投沒有變化的彈指球，山東一定會發現。

「雖然他目前陷入瓶頸，但畢竟是職棒選手，不可能瞞過他。而且，我不喜歡求助於催眠術這種魔法的想法。能不能走出瓶頸，關鍵取決於他自己的實力。」

圓華認為自己想到了好主意，沒想到遭到否定，難得露出了失望的表情，一臉不悅地閉口不語。石黑又繼續對她說：「但妳這個構想很有趣，他看到像妳這樣乍看之下很普通的女生接到球，一定會受到很大的衝擊。這種驚訝也許會成為激勵他振作的動力。」

然後，石黑提出了當山東發現催眠術是假的之後的方案，也就是讓劇情急轉直下，告訴山東圓華不是因為催眠術，而是因為刻苦練習，才能夠接到彈指球。

「對職業選手來說，這會造成更大的打擊。」石黑斷言道，而且還補充說，如果山東在這種情況下仍然無法振作，不如趁早離開職棒。

結果就發生了那一天的事。

「妳逼真的演技令人嘆為觀止，」那由多對圓華說，「妳左手上的瘀青也讓我嚇了一大跳。明知道是假的，但還是緊張了一下。」

「是不是能夠以假亂真？」她在說話時，拿出了手機。似乎有人傳電子郵件給她，她看了螢幕後，撇著嘴說：「是桐宮小姐，如果不趕快回去，她又要囉嗦了。」

「這次也給她添了麻煩，代我向她問好。」

「你不必放在心上，我相信她也玩得很開心。」圓華喝完果汁後站了起來，「那我先走了。」

「改天再見。」

「嗯，改天再見，拜拜。」

圓華揮了揮左手。那天化了特效化妝的手上，如今沒有任何異狀。

Laplace's Movement 第三章

流水流向何方

1

那由多在七月初的某個酷暑的黃昏，在路上發現了脇谷正樹。他在西麻布的路口等紅燈時，發現馬路對面那個體格很壯，穿著短褲的男人是自己的高中同學。他們最後一次見面至今已經超過十年，脇谷雖然有點發胖，但精悍的表情還是和以前一樣。

號誌燈轉綠後，那由多開始過馬路。這裡的斑馬線很長，馬路中間還有安全島。當那由多走到安全島時，脇谷剛好走到他面前。脇谷低著頭走路，似乎並沒有發現那由多。

「脇谷。」那由多叫了一聲。他似乎嚇了一跳，抬頭停下腳步。

「好久不見。」那由多笑著對他說。

但是，對方沒什麼反應。雖然他看著那由多，但臉上露出困惑的表情，似乎努力在記憶中搜尋，叫自己名字的人到底是誰。

完了。那由多後悔不已。雖然自己看到脇谷感到很懷念，但對方未必和自己一樣。

「對不起，」他揮了揮手道歉，「我認錯人了。」

那由多走過脇谷身旁，準備離開安全島，但前方號誌燈的綠燈開始急速閃爍，他只能留在原地。

「工藤。」就在這時，背後傳來叫聲。

「啊？」那由多轉過頭，看到脇谷一臉燦爛的笑容。

用大杯啤酒乾杯後，脇谷喝了一大口生啤酒，重重地吐了一口氣。

「真是太驚訝了，因為我完全沒想到會在那裡遇到你。而且你留著鬍渣，理著光頭，又曬得那麼黑，我還以為是哪裡的小混混。」

「我哪像小混混，但幸好你馬上就想起來了。」

「那當然啊，只不過十年沒見，怎麼可能忘了老朋友的長相。」

「老朋友……我們都是問題學生。」

「沒錯沒錯。」脇谷意味深長地笑了笑，連續點了好幾次頭，「我們都被人討厭，而且也都給周圍人添了不少麻煩。」

「是啊，發生了很多事。」那由多看著啤酒杯中的白色泡沫，回想起遙遠的過去，只是不想現在重提那些往事。那不是開心的話題，老同學難得重逢，他不希望氣氛變得感傷。

他們正在麻布十番的一家居酒屋。因為兩個人剛好都沒事，於是決定來這裡慶祝重逢。

「二十歲那次是我們最後一次見面吧？」脇谷問：「因為你說不想去參加成人式，我就邀你一起去喝酒。我也不想去參加，因為一定會遇到以前那些狐朋狗友，被他們纏上就麻煩了。」

「老實說，那時候我真的很高興。因為我對未來感到迷惘，很希望找人聊一聊，所以你邀我簡直是絕佳時機。」

「當時聽了你說的那些事，我也超驚訝。」脇谷把毛豆放進嘴裡，苦笑著說，「好不容易考進了醫學系，你竟然說想要退學，我還以為你腦筋出了問題。」

「你還不是一樣，不顧你爸媽要你去讀大學，決定要當廚師。你在學校的成績也不算差啊。」

「我的成績只是不算差的程度而已，你很少來學校上課，考試的日子才走進教室，結果竟然考滿分，所以聽到你考上醫學系，我一點都不驚訝，正因為這樣，才覺得你退學太可惜了。」

「每個人覺得可惜的事不一樣，當初你也是覺得去上大學，就無法實現夢想，所以才沒有讀大學，不是嗎？我也一樣，我發現醫學系並不是我的夢想。」

「原來是這樣，現在我能夠理解你的心情。」脇谷把啤酒喝完後，找來店員，又點了一杯，「工藤，你現在做什麼？我記得最後一次聊天時，你說有其他想做的事。」

「沒錯，那就讓你知道一下我目前的工作。」那由多從肩背包裡拿出一張名片放在桌子上。

脇谷拿起名片，瞪大了眼睛。「針灸師……針灸嗎？」

「我在學醫學後，對民間療法產生了興趣，針灸深不可測的力量更加吸引我，剛好有人介紹了一位正在找接班人的針灸師，我再三懇求，終於成為他的徒弟。我也是在那時候退學的。」

「你爸媽竟然會同意。」

「他們怎麼可能同意，都是我一個人決定的，所以現在他們和我斷絕關係，已經好幾年沒聯絡了。」

「喂喂，這樣好嗎？」

「沒什麼好不好，這是我自己的人生路，只能自己開拓。我們以前不是經常聊這些嗎？難道你忘了？」

「我沒忘記，只是現實沒這麼容易，所以你真是太了不起了。」

新的啤酒送了上來，脇谷拿起酒杯喝了一口後，用手背擦了擦嘴邊的白色泡沫。

「針灸師的工作怎麼樣？」

「很有趣，覺得很值得一做，而且也很開心。」那由多話中充滿了自信，「雖然目前的客人幾乎都是接手師父的客人，但認識很多人，對人生也很有幫助。」

那由多告訴脇谷，那些客人包括了職業運動選手和知名作家。

「是嗎？這代表你選擇的路沒有錯，那我就放心了。」

「那你呢？我記得成人式時，你還在讀餐飲學校。」

脇谷點了點頭。

「我在讀餐飲學校的同時，也去朋友的餐廳學技術，但其實只是在那裡打雜，這兩、三年才終於成為受到認可的職業廚師，目前在惠比壽一家義大利餐廳工作，但我的夢想是自己開一家餐廳。」

「原來你在義大利餐廳啊，」那由多仔細打量脇谷的臉後，將視線移到他的左手上。他剛才就發現了。「你什麼時候結婚的？」

「這個嗎？」脇谷害羞地微微舉起左手，他的左手無名指上戴了一個銀色的戒指。「一年前，是在一家常去的酒吧認識的美髮師，比我大四歲。」

「恭喜，那要慶祝一下。」

「別鬧了，這不重要。而且，雖然一年前才登記，但我們已經同居了將近四年，完全沒有新婚的感覺，也沒有辦婚禮。」

「是嗎？現在辦也還來得及，你要不要辦一場？否則你太太很可憐。」

「不，現在沒時間忙這種事。」脇谷突然露出嚴肅的表情。

「怎麼了？」那由多也忍不住收起了笑容。

「嗯，是這樣啦，」脇谷抓了抓脖頸後方，「家裡好像會多一個人。」

「啊？」那由多叫了一聲後，看著老同學的臉，「該不會是你太太懷孕了？」

「是啊。」脇谷揚起了下巴。

「原來是這樣啊。搞什麼嘛，你應該早說啊。」那由多伸出手，拍了拍脇谷的肩膀，

「既然這樣，那要再乾一杯，恭喜你。」

「嗯，謝謝。」脇谷也拿起酒杯，接受了那由多的乾杯。雖然他露出笑容，但感覺有點不自在。那由多猜想他是因為害羞。

「預產期是什麼時候？」

「明年一月。」

「是喔，所以明年一月，你就要當爸爸了，感覺很奇怪啊。」

「我自己也沒有真實感。」脇谷抓了抓眉毛旁。

「太好了，你太太一定很高興。」

「嗯，是啊。」

「那就為這件事慶祝一下，如果你想要什麼，儘管告訴我，不要客氣，但太貴的我就買不起了。是喔，原來你的孩子快出生了。」那由多翻開桌上的菜單，「我們來用高級的酒乾

杯，香檳怎麼樣？」

「不，現在還不需要。對了，工藤，你有沒有和石部老師保持聯絡？」

「石部老師？沒有……」那由多有點困惑，雖然並沒有忘了這個名字，但覺得現在聽到這個名字有點唐突，「畢業之後就沒見過，雖然曾經通了幾次電子郵件。」

石部憲明老師是那由多和脇谷高中時的班導師。那由多長期拒學期間，他幾乎每天都登門。他當時對那由多說，不去學校也沒關係，但最好不要放棄讀書。他的建議對那由多幫助很大，是少數幾個可以稱為恩師的老師之一。

「石部老師怎麼了嗎？」

「嗯，不瞞你說，畢業之後，我和老師的聯絡也很頻繁。因為他對我的照顧超過你。上次去學校，想要向他報告結婚和生孩子的事，沒想到他從三個月前就留職停薪了。」

「留職停薪？為什麼？」

「當時，學校的人並沒有告訴我明確的原因，我在多方調查後，發現松下知道原因。你記得嗎？我們班有一個同學叫松下七惠。」

那由多隱約記得有叫這個名字的女生，但完全想不起她的長相。

「對不起，我幾乎很少見到同學。」

「反正有這樣一個女生，目前在我們母校當國文老師。聽松下說，老師的兒子去年發生了意外。」

「啊？」那由多瞪大了眼睛，「車禍嗎？」

「是溺水。他們一家三口去露營時，老師的兒子不小心掉進附近的河裡。」

「……死了嗎？」

「沒有，」脇谷搖了搖頭，「好像撿回一命，但失去了意識，情況一直很嚴重。」

「這樣啊……」

「聽說石部老師要專心照顧兒子，所以決定留職停薪，聽說之前他在學校時的樣子就很奇怪，好像行屍走肉。真是太驚訝了，沒想到石部老師竟然會變成這樣，只能說太可憐了。我這一陣子一直惦記著這件事，覺得是不是該去看看他兒子……應該說，該去看看老師，問題是在不瞭解詳情的狀況下闖過去，會不會反而造成老師的困擾。」

那由多看到脇谷嚴肅的表情，終於瞭解他為什麼即將當父親，卻高興不起來的原因了。他得知恩師為兒子的事煩惱，無法發自內心地感到高興。

「那個……對目前的狀況一無所知嗎？」

「對了，」脇谷偏著頭，「聽松下說，石部老師最近把兒子轉去其他醫院了，因為她也是從別人那裡聽說的，所以不知道消息是否確實。」

「其他醫院？」

「聽說是對這種病症很有研究的醫院，是一所大學附屬的醫院。嗯，是哪裡呢。」脇谷皺著眉頭沉思後，用力拍著大腿說：「我想起來了，是開明大學，聽說那所大學的附屬醫院有一位腦神經外科的權威。」

「開明大學……」

一片記憶碎片在那由多的腦海深處掉落。

2

約定的那家店位在車站大樓的二樓，那是一家掛著粉紅色招牌的水果吧。隔著玻璃窗向內張望，在窗邊的座位看到一張熟悉的面孔。她低著頭，應該正在滑手機。「她已經到了。」那由多對身旁的脇谷點了點頭。

走進店內，那由多來到座位旁正準備開口時，對方搶先開了口。「沒想到你這麼快就到了。」而且她繼續低頭看手機，似乎感受到那由多他們走過來的動靜。

「妳以為我會遲到嗎？我之前和妳約見面時，有遲到過嗎？」那由多站在那裡問。

「我剛才看到你的車子開進去。」那個女生——羽原圓華指著窗外說道，她手指的方向是立體停車場的入口，「在你開進去的一分鐘前，有三輛車連續開了進去。一輛小貨車，還有一輛貼了新手駕駛標誌的轎車，和一輛廂型車。那個停車場今天好像很擁擠，所以我以為你需要花一點時間找車位。尤其那個新手駕駛應該會有點傷腦筋。因為還不熟練，停車可能要花很多時間。」

「今天那裡的確有很多車，但剛好附近有空位，我很幸運。」

「是喔，難怪這麼快。」圓華抬頭看著那由多問：「最近還好嗎？」

「馬馬虎虎，妳好像也是老樣子。」

「怎麼個老樣子法？」

「就是、還是老樣子……很有妳的風格啊。」

「你在說什麼，語法會不會有點奇怪？」圓華皺起眉頭，一雙令人聯想到好勝的貓的眼睛令人印象深刻。不知道她的一頭長髮怎麼綁的，盤在頭頂上好像一顆壘球。無袖襯衫下露出兩條纖細的手臂，更襯托了她苗條的身材。

脇谷似乎對他們兩個人的對話感到有點不知所措，露出不安的眼神看著那由多。

「圓華，」那由多叫了一聲，「我來介紹一下，他是我高中時的同學，名叫脇谷。脇谷，她是羽原圓華。」

「請多關照。」脇谷向她打招呼，圓華回答說：「你好。」

那由多和脇谷在她對面坐了下來。

服務生走了過來，把一個巨大的水果聖代放在圓華面前，好幾種類的水果幾乎都快擠出來了。那由多和脇谷點了咖啡。

「不好意思，這次突然拜託妳這麼奇怪的事。」

那由多向圓華道歉，圓華正準備把哈蜜瓜送進嘴裡，停下了手，「我不覺得是什麼奇怪的事。得知認識的人住進開明大學醫院，既然有人脈，當然會想要透過人脈打聽一下消息啊。」

「妳這麼說，我心情就輕鬆多了……」

「沒想到你還記得我爸爸是開明大學醫院的腦神經外科醫生。」

「妳第一次去找筒井老師時，不是自我介紹說是開明大學醫學系羽原教授的女兒嗎？因為我周圍沒有腦神經外科的醫生，所以就記住了。」

他並沒有說，因為自己曾經讀過醫學系，所以覺得很熟悉。

那由多和脇谷見面的隔天，傳了電子郵件給圓華。他在電子郵件中提到，聽說有一個叫石部憲明的人的兒子住在開明大學醫院接受治療，可不可以請她協助確認這個消息是否屬實。他當然沒忘記在電子郵件中補充說，石部是他高中時代的恩師。

圓華立刻回覆說，兩個星期前，那名病患從其他醫院轉到開明大學醫院。而且還補充說，我爸爸好像是主治醫生——

那由多立刻回覆，他想瞭解詳細，問她該怎麼做比較好。圓華回覆說，有些情況可以說，有些情況不能透露，直接見面聊最簡單。於是就約定今天在這裡見面。

圓華默默吃著聖代，突然停下手中的湯匙，輪流看著那由多和脇谷。

「以前很照顧你們嗎？」

「什麼？」那由多問。

「那個姓石部的老師啊，通常畢業超過十年，即使知道班導師的兒子發生意外住院，也不會這麼擔心。既然你們特地來這裡，我猜想以前應該很照顧你們。」

那由多和脇谷互看了一眼後，對圓華露出了苦笑。

「妳說的對，我們以前都是很嚴重的問題學生，如果沒有石部老師，我們絕對會變成人生的魯蛇，所以得知老師目前遇到了困難，當然不能袖手旁觀。」

「是喔，魯蛇喔。」

圓華再度開始吃聖代，吃了一半左右，放下了湯匙。

「詳細的說明我就省略不說了，我可以進入開明大學醫院的資料庫，也在某種程度上瞭解我爸爸的工作內容，所以或許能夠滿足你們的期待。但是，有一件事必須聲明，身為醫院相關人員，我等一下告訴你們的內容會違反規定，也侵犯了隱私，更違反了醫生的守密義務。但我相信你們會保護隱私，況且我也不是醫生，所以就破例告訴你們。不過，你們絕對不能告訴別人，你們可以保證嗎？」

那由多和脇谷一起點頭，「當然可以。」

圓華把雙手放在腿上，直視著那由多和脇谷。

「病人名叫石部湊斗，十二歲。送到開明大學醫院時的狀態是無法自行移動，無法自行飲食，無法溝通，無法控制排泄，無法說出有意義的話語，但勉強可以自主呼吸。」圓華口若懸河地說：「『永久性植物狀態──也就是植物人，目前的情況也幾乎沒有改善。」

圓華說的內容和從松下七惠那裡得到的消息一致。從醫學的角度說明意識不清超過一年的情況，應該就是這樣。

「到底發生了什麼意外？」脇谷問。

「聽說是溺水，造成心臟一度停止跳動。」圓華說，「但開明大學醫院的資料庫內並沒有在哪裡溺水，以及為什麼會溺水的相關資訊。這也很正常，因為這些事和治療完全無關，我爸爸應該對這些事也沒有興趣。」

「所以妳爸爸……羽原醫生怎麼說？」那由多問，「他不是這種病症的世界權威嗎？有可能恢復嗎？」

「不知道，我沒問過我爸爸，即使我問了，他應該也不會回答我。除非有百分之百的把握，否則醫生絕對不會說樂觀的事。」

圓華的語氣聽起來很冷淡，但應該是事實。

「他的父母……老師和師母的情況怎麼樣？我也很關心這件事。」脇谷問圓華。

「聽熟識的護理師說，好像算冷靜。」圓華回答，「雖然是令人痛苦的狀況，但意外發生至今已經一年多，應該已經接受了現實。但這只是病人母親的情況，聽說病人的父親至今從來沒露過臉。」

「石部老師嗎？」脇谷提高了音量，「為什麼？」

「不知道原因，護理師也覺得很納悶，我爸爸也對這件事很有意見，因為他說差不多該要談重要的事了。」

「為什麼呢？」脇谷問那由多，那由多也只能偏著頭納悶。

「你們打算怎麼辦？」圓華問，「如果你們等一下要去醫院，我可以帶你們去。我剛才確認了一下，病人的母親每天都會去醫院。」

「可以去探視嗎？」那由多問。

「可以面會。雖然沒有意識，但狀態很穩定。」

那由多和脇谷互看了一眼。

「那就先去看看？」脇谷說，「我曾經見過師母幾次，也許可以瞭解一些詳細的情況。」

那由多當然沒有理由反對。

開明大學醫院大樓嶄新時尚，前往病房時，必須經過一道專用的門，探視病人的訪客必須在櫃檯辦理登記手續。如果病人和陪同者拒絕面會，就無法入內探視。

圓華代替他們辦理了手續，正當他們等在那裡為不知是否能夠獲得許可感到不安時，圓華很快就回到他們身旁。

「把這個別在身上。」她遞上訪客證。

他們跟著圓華搭上電梯。

「幾樓？」那由多問。

「八樓。」

那由多按了「8」，但燈沒亮。

「這樣不行。」

圓華把訪客證放在按鈕旁的黑色塑膠板上，然後又按了「8」的按鈕。這次燈立刻亮了。

「沒有這個，就不能去八樓嗎？」那由多看著訪客證說，「真是戒備森嚴啊。」

「那是特別樓層，八樓的保全特別嚴格。因為有時候會有貴賓入住。」

「那石部老師的兒子為什麼會住在那裡？他不可能是什麼貴賓。」

「根據大腦的狀態和我爸爸的治療內容，有可能被認為是貴賓。」

那由多偏著頭，看著圓華的臉問：「什麼意思？」

她欲言又止，隨即移開視線，輕輕搖了搖手說：「對不起，當我沒說。」

圓華的回答很奇怪，那由多不知道該怎麼回應，和脇谷互看了一眼，聳了聳肩。

電梯來到八樓。整個樓層靜悄悄的，好像連空氣都靜止了。

寬敞的護理站內有幾名護理師，圓華走過去和她們聊了幾句，轉頭看著那由多和脇谷，指向走廊深處。

三個人沿著走廊走向深處，塑膠地板擦得很亮。

「貴賓病房是怎麼樣？三餐都吃大餐嗎？」那由多小聲地問。

「沒這回事。」圓華回答得很乾脆，說話時並沒有降低音量，「吃普通的餐點，營養和成分都經過調配，不會特別好吃，也不會特別難吃。」

「妳知道得真清楚，妳住過院嗎？」

圓華沒有回答這個問題。

圓華在走廊深處一道拉門前停下腳步。門旁的牌子上寫著「石部湊斗」。她小聲說：

「好像是這裡。」

脇谷敲了敲門，裡面傳來一個女人的聲音。『請進。』

脇谷打開拉門，說了聲：「打擾了。」走進病房。那由多也跟了進去，但圓華並沒有走進病房。也許她覺得自己是外人。

那由多最先看到在醫療病床上沉睡的少年。他上半身坐成四十五度，管子從鼻孔露了出來，臉有點浮腫，但看起來像是睡著了。

病床對面是沙發和茶几，一個挽著頭髮的女人從沙發上站了起來，對那由多他們露出淡淡的笑容，「脇谷……你來了。」

「好久不見。」脇谷鞠了一躬。

那由多也鞠了一躬說：「師母，我叫工藤，初次見面，和脇谷一樣，石部老師以前也很照顧我。」

「喔，我曾經聽我丈夫提起過。」石部太太把視線移回脇谷身上，「我兒子的事，你是聽誰說的？」

「呃，那個……聽同學說的，她在那所高中當老師。」

石部太太聽了脇谷的回答，露出恍然大悟的表情點了點頭。她的表情有點冷漠，可能她並不希望別人知道這件事。

「這個……」脇谷遞上拎著的紙袋。這是剛才在水果吧買的水果禮盒。

「你們不需要這麼費心……」石部太太接過紙袋，放在茶几上。即使你們送水果來，我兒子也不能吃——那由多覺得她似乎想這麼說。

「先坐下吧，我來泡茶。」

「不，我們沒關係。對不對？」

「當然。」那由多點了點頭，「師母，請妳坐下，妳一定累了吧？」

「沒有……沒什麼好累的，全都交給護理師，我能做的事很有限。」石部太太一臉落寞地看著兒子。病床上的少年閉著眼睛，維持剛才的姿勢一動也不動。

通常探病時，會問「情況怎麼樣？」再補充一句「氣色看起來好多了」也不壞，但那由多覺得在眼前的狀況下，說這些話都顯得神經大條。

「呃，」一旁的脇谷開了口，「請問是什麼意外？我們什麼都不知道，告訴我那場意外的同學，好像也不清楚詳細的情況……」

石部太太臉上的表情消失了。

「不是什麼可以告訴別人的事。就只是一對愚蠢的父母讓兒子掉進河裡，沒辦法救他——就只是這樣而已。」

她顯然不想談那起意外。那由多覺得情有可原。因為一旦談論，就必須回想當時的事，任何人都不願回想那種想要忘記，卻無法忘記的惡夢。

「但是，」她又接著說了下去，「看著兒子一臉平靜的表情沉睡，就覺得這樣似乎也不壞。他以前活力充沛的時候，真的完全沒時間可以鬆懈。」

那由多聽不懂師母說的話，看著脇谷，但脇谷尷尬地低頭不語。

「啊喲，」石部太太偏著頭看向脇谷問：「你該不會沒把我兒子的事告訴工藤？」

「對，詳細情況……」脇谷結巴起來。

石部太太點了點頭，露出一絲遲疑的表情後，轉頭看著那由多說：

「我兒子有重度發育障礙，會吵吵鬧鬧，也會把看到的所有東西都放進嘴裡，和他溝通也是一件很吃力的事。」

那由多第一次聽說這件事，只能附和說：「原來是這樣啊。」他很納悶，脇谷為什麼事先沒有告訴自己這件事。

「他經常半夜開始吵鬧，結果我整晚都無法睡覺。他會大叫著去撞牆，每次都受重傷……現在可以這樣靜靜地睡覺，所以變得安分多了。」

從石部太太的語氣中，無法判斷她這番話是出於真心，還是自虐的玩笑話。那由多不知道該回答什麼。

「對了，這裡的主治醫生提出了讓我很傷腦筋的要求。」

「什麼要求？」那由多問。那個醫生應該就是羽原圓華的父親。

她從放在沙發上的皮包裡拿出了ＤＶＤ。

「醫生說，如果有記錄兒子以前和家人一起生活的影片，或是錄音帶也可以，希望我帶來。照顧有發育障礙的兒子整天像在打仗，沒什麼機會可以為他做這種事，幸好還是找到一些，所以就帶來了，不知道可以派什麼用場。」

這又是一個那由多他們無法回答的問題，所以他們只能默默搖頭。

「請問石部老師……最近在做什麼？聽說他目前留職停薪了。」脇谷改變了話題。

石部太太不可能沒聽到問題，但她注視著兒子，沒有回答。脇谷手足無措地看著那由多，似乎在問，是不是問了不該問的問題。

石部太太重重地吐了一口氣，

「不清楚，不知道他在做什麼……」

她的回答完全出乎那由多的意料，脇谷應該也完全沒想到，他又追問：

「你們沒有聯絡嗎？」

石部太太沉默片刻後，看著那由多和脇谷說：

「我可以聯絡到他，我會告訴他你們來醫院探視。」說完，她拿起放在茶几上的手機，

「已經這麼晚了……不好意思，我要開始為兒子做護理工作了，還要為他擦拭身體。」

那由多想起她剛才說能做的事有限，現在又改口了，明顯在趕人。

「好，那我們就先告辭了，對不起，在你們忙碌的時候來打擾。我們會祈禱他早日康復。」

脇谷一個勁地說著安慰的話，那由多默默地鞠了一躬。

3

去醫院的三天後，那由多接到了脇谷的電話。他說得知了有關那場意外的消息。

『松下去調查了這件事。意外發生之後，石部老師曾經向學校交了一份報告。因為雖然是下班時間，但有老師同行，還發生讓孩子溺水的意外，不知道家長會有什麼意見。』

那由多聽了脇谷的話，內心感到很不舒服。學校方面當然是為了預防家長有意見，但想像石部在兒子徘徊於生死邊緣時，還必須寫這種報告，不由地感到難過不已。

報告中提到，意外發生在去年六月十三日，地點位在S縣黑馬川露營場。石部湊斗是在一家人準備午餐時掉落河中。

『石部老師並沒有看到兒子掉進河裡的瞬間，聽到他太太叫著兒子的名字，看向河裡，發現兒子已經開始慢慢被河水沖走。』

湊斗在河邊玩的時候，會讓他穿上救生衣，但那時候並沒有穿。石部慌忙跑回去拿救生衣，但回到河邊時，湊斗已經被河水沖到很遠了。石部和他太太沿著河濞跑向下游的方向，同時打電話給一一九報案。河流的速度越來越快，最後他們看不到兒子的蹤影。雖然他們不顧一切四處尋找，但範圍太大，根本無法找到。

救助隊很快就抵達現場，在附近搜索後，發現湊斗卡在河流支流的一塊岩石上。那是比石部和他太太尋找的地點更上游的位置。

發現湊斗時，雖然心跳已經停止，但救助隊員在人工呼吸和心臟按摩後，他的心臟恢復了跳動，也開始呼吸，只不過意識並沒有清醒，即使叫他，也沒有任何反應。

『這就是那場意外的大致情況。』脇谷說，『松下說，雖然報告上寫了意外原因的分析，以及石部老師的反省，但都是形式上的內容，沒必要多說。』

那由多也這樣認為，所以回答說：「是啊。」

『但是，松下還說了另一件令人擔心的事。石部老師在留職停薪之前，每個月十三日就會請假，然後去意外發生的現場。』

「啊？」那由多叫了一聲，「為什麼？」

『不知道。如果他兒子死了，可能是去祭拜，但他兒子並沒有死啊。所以，我打算明天去看看。』

「明天？去哪裡？」

『就是那裡啊，』脇谷說：『意外發生的現場，黑馬川露營場。明天不是十三日嗎？』

「啊！」那由多叫了一聲。他忘了這件事。

『所以我在想，你要不要一起去。如果你有事，那我就自己去。』

明天沒有出差的工作，只是在針灸院等病患上門。只要拜託師父，應該可以請假。

「好，那我一起去。」那由多毫不猶豫回答。

4

從東京走高速公路，只要一個多小時就可以到黑馬川露營場。露營場所在的位置海拔並不高，但地形高低起伏，周圍還有美麗的溪谷。

在停車場停好車，走去露營場。因為是非假日，所以沒什麼人。搭帳篷的露營區設在後方是一片地勢較高樹林的區域，樹木可以遮陽，旁邊的黑馬川即使水位漲高，只要走進樹林就很安全。

目前是正午前。因為聽說意外發生在石部一家準備午餐的時候，所以他們猜想如果石部會來這裡，應該會選擇意外發生的時間帶。

「不知道老師會去哪裡。」脇谷雙手扠腰，巡視著露營場說道，「是湊斗最初掉落的地方，還是發現他的地方。」

「應該都會去，如果要回顧意外當時，一定會這麼做。」

脇谷聽了那由多的回答，點了點頭，「有道理。」

「有一件事我想問你，你知道石部老師的兒子有發育障礙吧？為什麼沒有告訴我？」

「你問我為什麼，我也……」脇谷微微偏著頭，「沒有特別的理由。硬要說的話，就是覺得沒必要特地提這種事。而且老師之前也拜託我，因為他不希望造成別人不必要的擔心，所以叫我最好不要向別人提起他兒子生病的事。」

「原來是這樣啊……」

那由多覺得以石部的性格，很有可能會這麼做。

「在老師的兒子發生意外之前，你有見過他嗎？」

「只見過一次。那次因為我換了一家店，所以去老師家裡向他報告。那時候湊斗差不多只有五、六歲。」

「他是怎樣的孩子？」

「嗯，」脇谷低吟了一聲，「老實說，我覺得是一個很棘手的孩子。我帶了蛋糕去看老師，他不吃也就罷了，還把蛋糕當成黏土一樣捏來捏去。師母叫他不要玩，他就大發雷霆，把蛋糕丟在牆壁上。」

那由多覺得光聽脇谷這麼說，自己就頭痛了。

「那還真是辛苦啊。」

「真的超辛苦。師母說，目前的狀態比較輕鬆，我覺得搞不好是她的真心話。總之，要把這種有障礙的孩子養大——」脇谷看著那由多說到這裡，沒有繼續說下去。他的視線看向那由多的後方，小聲地說：「是石部老師。」

那由多轉過頭，看到一個戴著帽子，身穿格子襯衫的男人緩緩走了過來。

雖然石部比以前瘦了許多，但的確是他。脇谷跑向老師，那由多也跟著跑過去。

低頭走路的石部察覺到動靜，抬起頭。他停下腳步，露出驚訝的表情。

「脇谷……你怎麼會在這裡？」石部說完後，又轉頭看著那由多，似乎認不出他是誰。

「老師，好久不見，我是工藤。」

石部的嘴巴動了動，好像在無聲地重複「工藤」這個名字，但立刻露出恍然大悟的表情。

「喔，原來是那個工藤。」石部用力點了點頭，打量著那由多的臉和身體，「你還好嗎？」

「馬馬虎虎。」

「是嗎？那就太好了。」石部稍微放鬆了臉上的表情，又訝異地問脇谷：「這是怎麼回事？你們在這裡幹什麼？」

「幹什麼……當然是來找老師啊。」

「找我？」石部不停地眨著眼睛。

「是嗎？原來你們還特地去了醫院，真是不好意思。」石部聽了那出多他們說明情況後，露出溫和的笑容。

「我完全不知道發生了那場意外。」脇谷說。

「是啊。」石部垂下視線，「不知道是否因為救回了一命，所以新聞並沒有報導。」

三個人在河邊的岩石上坐了下來。河水的水流很緩慢，所以並不會聽不到彼此說話的聲音。

「老師，聽說你從來沒有去過醫院，這是真的嗎？」脇谷問。

石部露出心虛的表情，輕輕點了點頭，「對，是真的。」

「為什麼？」

石部發出了痛苦的低吟，「因為她叫我不必去醫院。」

「師母……嗎？」

「對，她說我工作應該很忙。」

「但是，」脇谷停頓了一下後繼續說道：「老師，我聽說你留職停薪……」

「原來你知道啊，」石部皺起鼻子，「因為發生了很多事，我自己還沒有找到答案。不瞞你們說，我和我老婆正在分居，我也沒臉見湊斗。在這種狀態下，即使站在講台上，我也無法好好上課，所以就決定先請假一段日子。」

「找什麼答案？」脇谷問。

「就是……當時的判斷是不是正確。」

脇谷似乎沒聽懂這句話的意思，一臉困惑的表情看著那由多，但那由多也只能偏著頭納悶。

「不好意思，你們應該聽不懂我在說什麼吧。既然你們特地來這裡，那我就把實情告訴你們。」石部說完，站了起來，「你們跟我來。」

那由多和脇谷也站了起來。石部走過大大小小的岩石，沿著河邊往前走。他們跟在石部身後。

石部在一塊平坦的大岩石上停下了腳步。

「我兒子就是在這一帶落水。」

那由多低頭看著河面，河面大約十公尺寬，流速並不快，看起來也並沒有很深。

「聽我老婆說，湊斗想要抓魚。他向來很喜歡蟲子、蜥蜴這種小動物，只要看到這些東西，心情就特別好。我們也是因為這個原因，才會帶他來這裡。我清楚記得他看到魚的時候樂不可支的樣子。」

「他怎麼抓魚？」那由多問。

「應該是用帽子。」石部指了指自己的頭，「那一天，湊斗戴著棒球帽，我看到他用帽子追蟲子，可能覺得可以用相同的方法抓魚。應該是蹲在岩石角落，向水面伸手撈魚時，腳下一滑，就不小心掉進河裡了。雖然特地帶了救生衣，沒想到那時候偏偏沒穿在身上，這是最大的失策。」

石部面對河面，重重地嘆了一口氣。

「聽到我老婆的叫聲，轉過頭看這裡時，湊斗已經被沖走五公尺。他驚慌失措，用力揮著雙手。雖然只要身體躺成大字，就可以浮在水面上，但他當然不可能知道這件事。」

「聽說報告上寫著，你回去帳篷拿救生衣。」

脇谷問，但石部並沒有點頭。他一臉沉痛的表情注視著河面，才終於開口說：

「不，其實不是這麼一回事。當時根本無暇回去拿救生衣，我只顧著拉住我老婆。」

「拉住師母？」脇谷皺著眉頭問。

「我老婆想跳進河裡去救湊斗。」

「啊！」那由多叫了一聲。

「那天也和今天一樣，水流的速度並沒有很快，所以她可能覺得只要馬上跳下去救兒子，就可以追上。她在學生時代是游泳選手，也曾經在游泳池當救生員，當然對自己的游泳技術很有自信。」

「但這未免太魯莽了。」那由多說，「經常發生父母為了救溺水的孩子，結果也一起送命的情況。千萬不能隨便跳進水裡救人，這是發生溺水意外時的原則。」

「我當然知道，所以我也制止她。她想要跳進河裡時，我從背後架住了她。」石部重重地嘆了一口氣，「結果湊斗就被河水越沖越遠，我們沿著河邊去追他。之所以會在報告中謊稱回帳篷拿救生衣，是為了調整這段時間。」

「原來是這樣……」

「之後的情況就和報告中寫的一樣，我和我老婆拚命尋找湊斗，卻遲遲找不到他。當救助隊發現他時，已經沒救了……」

石部蹲了下來，單腿跪在岩石上。

「我們在找湊斗時，我老婆質問我，為什麼不讓她去救湊斗？如果馬上去追，一定來得及。因為起初水流並不快，而且地形也沒有很複雜，以她的游泳技術，一定可以追上。」
「或許可以追上，但不知道能不能一起回到岸邊。」
那由多反駁說，脇谷也表示同意。
「就是啊，水流的速度不是越來越快嗎？那就和游泳技術沒有關係，師母會和你們的兒子一起被沖走。」
「我老婆說，這樣也沒關係。如果一起被沖走，可以抓住樹枝，或是抱住岩石，兩個人可能一起獲救。如果無法獲救，兩個人一起溺水身亡——」石部一口氣說到這裡，緩緩搖著頭，又繼續說了下去。「她說這樣也沒關係，即使為了救兒子送了命，她也無所謂。因為對她來說，湊斗就是一切，如果湊斗有什麼三長兩短，一切都完了。我罵她，不要說傻話。她說我什麼都不瞭解，說我從來沒有好好面對兒子的障礙，所有麻煩事都推給她，所以無法瞭解她的心情。我無言以對，因為我的確以工作忙為藉口，把孩子的事都推給她，她以前從來沒有抱怨過這件事，但那次我才知道，原來她內心對我極度不滿。」
石部說的內容完全出乎意料，那由多想不到該說什麼。脇谷也默不作聲。
「湊斗被救護車送去醫院後，我回來這裡拿東西。當時，我也像這樣低頭看著河水，然後漸漸感到不安，不知道自己當時的判斷到底對不對。我當然知道孩子溺水時，跳進河裡去救人很魯莽，但又覺得任何事都要視時機和場合。當時我也許應該讓我老婆去救兒子，不，不光是這樣，我也應該一起跳進水裡，一起去追湊斗。我當時沒有這麼做，是不是不夠愛湊斗？我越來越覺得是這樣。」

「但是，我還是覺得……」脇谷說到這裡，無力地住了嘴。也許他覺得現在不是說一些不痛不癢的安慰話和鼓勵話的場合，更何況對象是以前的恩師。

石部站了起來，再度打量著河面。

「所以，我至今仍然沒有找到答案。我來這裡，是希望能夠找到答案，每次都來這裡，回想那天的事，但始終找不到出口。」說完，他無力地笑了笑，「我沒資格當老師。」

5

脇谷的新居位在三鷹車站附近。那由多原本只是送他回家，但他邀那由多去家裡坐一坐，於是決定上去喝杯茶。

他和太太住在六層樓公寓的四樓，兩房一廳的房間並不算大，但在小孩子長大之前，應該足夠了。

脇谷的太太圓臉，剪了一頭好看的短髮。因為個子嬌小的關係，所以看起來比實際年齡年輕。她名叫仁美，笑著迎接那由多。

「所以，你們見到老師了嗎？」仁美把冰麥茶倒進杯子時問。

「嗯，是啊，見是見到了。」

脇谷吞吞吐吐，小聲地開始把和石部之間的對話告訴仁美，仁美聽了之後，也不禁愁容滿面。

「這……真讓人難過。」

「嗯，真的很難過，不知道該對老師說什麼才好。對不對？」

脇谷徵求那由多的同意，那由多默默點頭。

「既然老師說這些話，正樹，你就沒辦法和老師商量了吧？」

「啊？」脇谷聽了，露出困惑的表情問：「商量什麼？」

「你不要裝糊塗，」仁美露出親切的微笑，「你是不是想和老師商量寶寶的事？所以才會費這麼大的力氣，無論如何都要聯絡到老師。我都知道。」

脇谷尷尬地緊閉雙唇，一臉不悅地拿起杯子喝麥茶，顯然有點手足無措。

「請問……寶寶的事是怎麼回事？」那由多戰戰兢兢地問。

「正樹，你沒告訴工藤那件事嗎？」

「嗯。」脇谷板著臉回答。

「這不好吧。工藤不是幫了你很多忙嗎？」仁美瞪著比她年紀小的丈夫。
「請問是怎麼回事？我完全不瞭解狀況。」那由多插嘴說。
仁美轉頭看著那由多說：
「我之前去做產檢時，醫生說，肚子裡的孩子可能有唐氏症。」
那由多倒吸了一口氣，看著脇谷。脇谷可能有點尷尬，所以並沒有看那由多。
「然後呢？」
「我們正在猶豫，不知道該不該進一步做詳細的檢查。只要做檢查，就可以更加明確。」
「既然這樣……」
「那就應該趕快做檢查——你這樣認為嗎？」
那由多點了點頭，「這有什麼問題嗎？」
仁美坐直了身體，深呼吸之後開了口。
「如果做檢查，就意味著一旦發現真的有唐氏症，就要拿掉孩子嗎？」
「啊！」那由多忍不住叫了一聲。
「我剛才說我們在猶豫，但其實我已經決定了，我根本不想拿掉孩子。無論生下怎樣的孩子，都是上天賜給我們的生命，我打算好好愛他。也就是說，即使寶寶真的有唐氏症也沒關係，所以沒必要做檢查。但是，正樹好像不這麼認為，他還在猶豫——我沒說錯吧？」

「也不是在猶豫……」脇谷搓著雙手，「只是我會忍不住思考，如果生下的孩子先天有障礙，妳會很辛苦，我們的生活也會有很大的改變。最重要的是，孩子自己會很痛苦。」

仁美很受不了地笑了笑，「這就是在猶豫啊。」

脇谷無言以對，抓了抓頭。

「原來是這樣，」那由多恍然大悟，「難怪你想找石部老師商量，因為老師的兒子也有障礙……」

「是啊。」脇谷小聲回答。

那由多完全瞭解仁美剛才說的意思，既然她有這種打算，石部說的那些話對脇谷可能是雙重、三重的打擊，就連他尊敬的恩師也在面對相同的問題時碰了壁。

「雖然我對他說，他不需要擔心。」仁美說：「我不會給他添麻煩，無論生下怎樣的孩子，我都會一個人照顧好。」

「事情哪有這麼簡單？」

「我沒說很簡單，我已經做好了心理準備，到時候會很辛苦。」

「萬一比妳想的更辛苦怎麼辦？」

「那就只能到時候再想辦法了。」仁美鎮定自若地說。

脇谷嘆了一口氣，抱著雙臂，緊皺的眉頭顯示了他內心的痛苦。

那由多離開脇谷家後，回到車上，拿起手機一看，圓華傳來了電子郵件，說希望那由多馬上和她聯絡，於是那由多立刻打了電話。

『到底是什麼狀況？』電話一接通，圓華就不悅地問。

「妳說哪一件事？」

『石部先生的事啊，我為你們張羅了那麼多事，結果完全不告訴我後續狀況，這是怎麼回事？你們之後什麼都沒做嗎？』

「沒這回事。不瞞妳說，今天和老師見了面。」

那由多告訴圓華，他和脇谷得知石部每個月十三日都會去黑馬川露營場，所以就一起去了。

「那起意外背後有複雜的狀況，雖然在電話中說不清楚。」

『既然這樣，那就見面聊啊。你目前人在哪裡？』

「現在見面？太突然了。」

『我也有事要告訴你，關於石部湊斗治療的事，還是有什麼非要等到明天的理由？』

那由多還沒吃晚餐，於是決定約圓華在他常去的一家定食餐廳見面。他正在吃味噌鯖魚定食時，聽到嘎啦嘎啦打開拉門的聲音，圓華走了進來。

「看起來真好吃。」她在對面坐下後，看著盤子裡的菜說。

「妳要不要吃點什麼？我請客。」

「不用了，因為我已經吃過晚餐了。」

圓華叫住了剛好經過的店員，點了柳橙汁。

「我爸爸很傷腦筋，因為關於湊斗的治療方針，有很重要的事要和家屬討論，但他父親一直都不來醫院。」

那由多停下筷子，喝了一口茶，「師母不是在醫院嗎？」

「如果父母都健在，就必須同時告知雙方。我爸爸想要動的手術就是這麼敏感。」

那由多探出身體問：「他要動手術嗎？」

「要由他的父母決定要不要動手術。」

「怎樣的手術？」

圓華露出冷漠的眼神，「說了你應該也聽不懂。」

「那妳就用我聽得懂的方式說啊。」

圓華皺著眉頭，噘起嘴的時候，柳橙汁送了上來。她用吸管吸了一口，輕咳了一下說：

「簡單地說，就是為了避免進一步惡化，把基因改造後的癌細胞植入大腦的損傷部分，同時，還要植入刺激這些細胞的極小電極和脈衝產生器，還有電池。只有我爸爸會做這個手術，稱為羽原手法。」

「我聽不太懂，但感覺很厲害，之前有成功的病例嗎？」

「有好幾個，但目前還未核准對某個特定部位動手術，那是稱為拉普拉斯核的部分，幸好湊斗損傷的部分離得很遠，所以沒有問題。」

「在那個叫拉普拉斯什麼的部位動手術很危險嗎？」

「不是說危險……總之，最好不要在那裡動手術，因為有更多怪物也很麻煩。」

「怪物？」那由多放下筷子，攤開雙手，「不好意思，妳在說什麼？我完全聽不懂。」

「聽不懂也沒關係，重要的是，我爸爸是天才，因為是天才，所以或許可以救湊斗。」

「從那樣的狀態讓他恢復意識嗎？」

「我不是說，或許可以嗎？目前無法保證任何事，但在全世界，只有我爸爸有可能救他。只不過我剛才也說了，這是非常特殊的手術，必須父母雙方同意，才能夠動這個手術。如果稍不留神，可能比目前的狀況更糟糕，所以，只要他的父親或是母親有一方拒絕，就無法動手術。」

「師母已經同意了嗎？」

「必須在父母雙方都到場的情況下，才會說明羽原手法，無法先告訴某一方。」

聽起來的確是相當特殊的手術。
圓華看著味噌煮鯖魚說：「你要不要趕快吃？都冷掉了。」
「我等一下慢慢吃，既然這樣，那就要告訴石部老師，趕快去醫院聽羽原博士說明。今天聽老師說話的語氣，他完全沒有想到他兒子有可能恢復。」
「因為無法輕易提議羽原手法，我爸爸也是直到最近，才開始考慮試試看，但那個叫石部老師的人去露營場幹嘛？該不會至今仍然放不下，為那起意外感到追悔莫及？」圓華語帶不屑地說。
「妳這麼說太過分了，妳要站在當事人的立場上想一想。」那由多嘟起了嘴。
「既然你袒護他，看來我說對了。」
「他並非只是懊惱，而是努力尋找答案，事情比妳想得更嚴重和複雜。」
那由多盡可能正確地把聽石部說的話告訴了圓華，就像剛才脇谷告訴仁美一樣，因為他覺得如果不詳細說明，就無法傳達言語中微妙的感覺。
沒想到圓華聽完之後的反應和仁美完全不同。
「什麼啊？我完全搞不懂。」她不悅地皺起眉頭，「如果覺得自己之前沒有好好面對兒子的障礙，只要充分反省就好了啊，和該不該一起跳進河裡根本沒有關係。這是物理學的問題，怎麼可以混為一談？」

「為什麼是物理學的問題？這是心情的問題，不是心理學嗎？老師一直在為這件事煩惱。」

「所以我說很莫名其妙啊，搞什麼啊！這根本是浪費時間，為這種事煩惱也是浪費腦細胞。」

那由多打量著圓華的臉說：「妳說話竟然這麼刻薄。」

「石部老師和他太太應該為更重要的事煩惱，否則就傷腦筋了。好吧，那由我來向他說明，為什麼是物理學的問題。」圓華從皮包裡拿出手機問：「什麼時候去？」

「去？去哪裡？」

圓華聽了那由多的問題，皺起眉頭說：

「根據我們剛才談話的內容思考，只有一個地方啊。是叫黑馬川嗎？就在那個露營場集合。」

6

走出家門時，天空還是灰色的，如今，雲在不知不覺中全都消失了，豔陽照在高速公路的柏油路上。清晨還下過雨，但此刻完全看不到任何被雨淋濕的痕跡。

「我沒想到又要去那個露營場。」脇谷坐在副駕駛座上說：「那個叫圓華的女生到底想做什麼？」

「我也不知道，但根據以往的經驗，她一定會做一些出人意料的事。」那由多握著方向盤回答。

在定食餐廳見面的隔天，那由多接到了圓華的聯絡。她指定了日期和時間，要求那由多約石部在露營場見面。

「以往的經驗？」脇谷問。

「發生過很多事，即使我告訴你，你應該也不會相信。總之，她具備了神奇的力量，我猜想她又會用她的力量讓我們大吃一驚。」

「神奇的力量？什麼意思？」

「我說了你應該也聽不懂，百聞不如一見。」

來到露營場後，那由多把車子停在停車場，旁邊停了一輛越野車，一個身穿登山服的彪形大漢站在車旁，年紀大約四十多歲，粗壯的脖子似乎在誇示他的身強力壯。他用銳利的眼神巡視四周的樣子就像保鑣。

那由多他們下車後，越野車的後車門打開了，圓華從車上下來。「早安，但其實已經中午了。」

「妳坐這輛車來這裡嗎？」那由多看著越野車問。

「嗯，因為我帶了行李。」

登山服的男人瞥了那由多他們一眼後，移開了視線。

「你們不必在意他，」圓華說：「他叫武尾，我出遠門時，他都會跟著。」

「武尾……之前沒見過他。」

「是啊，之前還沒有。」

那由多看向越野車的駕駛座，發現一個女人坐在車上。他見過那張端正秀麗的臉，是負責監視圓華的桐宮女士。她也向那由多微微點了點頭，但臉上沒有表情。

「可以帶我去意外現場嗎？」圓華問。

「好啊，走這裡。」

「等一下，要帶行李。不好意思，可以請你們幫忙嗎？」

「什麼行李？」

「你等一下看了就知道了。」

圓華向身穿登山服的武尾使了一個眼色，他打開了巨大越野車的後車門。裡面放了三個後背包，三個後背包的大小不同，最大的差不多有行李箱那麼大。武尾把最大的行李袋扛在肩上。
剩下兩個後背包，那由多和脇谷各背了一個。後背包很重，應該有將近二十公斤。
「裡面到底裝了什麼？」那由多問圓華。
「我不是說了，等一下告訴你們嗎？走吧。」
那由多一行人出發了，只有桐宮女士留在原地。後背包的帶子深深勒住肩膀，那由多很慶幸意外現場就在附近。
他們很快來到現場，但不見石部的身影。因為原本就約他三十分鐘之後才到。圓華說，在他到現場之前，要先確認一下。
那由多他們把沉重的行李放在河邊平坦的岩石上。
「是從這裡落水的嗎？」圓華低頭看著河面問。
「對，聽說是想要抓魚，不小心滑倒，掉進河裡。」
圓華聽了那由多的說明後點了點頭，巡視河面和周圍。觀察了一陣子，了然於心地點了點頭。
「你們等在這裡，」她對那由多他們說完後，看著武尾說：「你跟我來。」
「妳要去哪裡？」那由多問。
「我去尋找答案，你們在這裡看好行李。」

圓華邁著輕快的步伐沿著河邊走向下游的方向，彪形大漢武尾跟在她身後。

「那個女孩是怎麼回事？」脇谷問：「她在幹嘛？」

「她每次都這樣，不會解釋自己的目的，但並不是故弄玄虛，我猜想只是怕麻煩而已。我們就乖乖在這裡等她。」

圓華和武尾離開十幾分鐘後，突然聽到叫聲：「工藤。」朝聲音的方向看去，發現石部正走向他們。

「老師，不好意思，還麻煩你特地跑一趟。」

「老實說，我完全搞不清楚是怎麼回事？因為你只說要我來露營場，說有東西要讓我看。」石部一臉無奈地說。

「因為我只能這麼說。」

「你在電話中說，是羽原醫生的女兒要求的？」

「沒錯，她去下游察看了。」

「下游？」石部訝異地皺起眉頭，「為什麼？」

「這……」

那由多結巴起來，因為他不知道該怎麼回答。這時，剛好看到圓華沿著河邊走上來。武尾就像忠實的僕人一樣跟在她身後。

「就是她。」那由多告訴石部。

圓華走到那由多他們面前，抬頭看著石部說：「你是石部先生吧？」

「是啊……」

「你好，我是羽原全太朗的女兒，我爸爸要我轉告你，關於你兒子的狀況，有重要的事要和你談，請你趕快去醫院。」

「兒子的事，都交給我太太處理……」石部痛苦地說。

那由多看到圓華的臉上掠過一絲可怕的表情。

「你在說什麼啊？」她語氣尖銳地說：「你傻了嗎？」

石部驚訝地瞪大了眼睛，圓華瞪著他。

「目前關係到你兒子能不能復活，你這個父親怎麼可以逃避呢？重大的決定都推給你太太一個人嗎？到底有多不負責任？」

「喂，妳說話怎麼這麼沒禮貌。」脇谷插嘴說，「妳根本不瞭解老師的煩惱，別說這種侮辱的話。老師對當時的判斷是否正確，至今仍然沒有找到答案。在找到答案之前，老師認為自己沒有資格表達意見。」

圓華一雙鳳眼瞪著脇谷。

「這就是傻啊。當初在河邊追著兒子之後，和太太一起跳進河裡會有怎樣的結果？這種問題即使一直看著河面，也不可能找到答案。如果想知道答案，試了才知道。」

「試？怎麼試？」那由多問。

圓華向武尾使了一個眼色，武尾打開放在岩石上的三個背包，把裡面的東西拿了出來。

那由多一看，忍不住大吃一驚。

那是假人模特兒的身體、手腳和頭部，而且有兩組。武尾動作俐落地組裝起來。一個是小孩子的身體，另一個是模仿成年女人，而且還都穿上了衣服。

「這是向開明大學人體工學研究室借來的假人。」圓華巡視所有人說，「這是在車輛的撞擊實驗中使用的假人，比重和真人幾乎相同，骨骼的硬度、活動的方向也都和人體一樣。雖然有各種不同體型的假人，但這次借了與石部湊斗和他母親體型相似的假人。」

「妳要用這個幹嘛？」那由多問。

「那還用問嗎？」圓華對武尾說：「開始吧。」

武尾舉起小孩子的假人，毫不猶豫丟進河裡。那由多忍不住「啊！」了一聲。

「再一個。」

武尾聽了圓華的指示，又把大人的假人也丟了下去。大小兩個假人順著水流緩緩移動。

圓華走到一臉茫然的石部身旁。

「你知道找到你兒子的地點吧？」

「對，我去過好幾次。」

「可以請你帶我們去嗎？因為要把假人撿回來。」

石部露出困惑的表情點了點頭說：「跟我來。」

石部邁開步伐，所有人都跟在他身後。沿著主流走了一段路，石部在中途走向岔路。因為河流從這裡分出一條支流。

支流的河面約數公尺寬，但流速很快，濺起的水聲也很大聲。

石部停下腳步。那裡有好幾塊大岩石，其中一個假人卡在兩塊岩石中間。是小孩的假人。

「和那時候一樣。」石部說，「湊斗也這樣卡在這裡。」

「但是，那個大人的假人不在這裡。」脇谷說。

那由多也左顧右盼，的確沒看到那個大人的假人。

「接下來由我帶路。」圓華說：「跟我來。」

她沿著剛才的路往回走，似乎要回到主流。

來到分歧點時，她沿著主流走向下游。她的腳步堅定，沒有絲毫遲疑。

不一會兒，圓華停下腳步。旁邊有一個小型瀑布。她默默指著瀑布下方。

有什麼白色的東西浮在瀑布下方。仔細一看，是假人的手臂，不遠處還有身體。雖然頭部連著身體，但已經明顯破損。

「如果你太太跳進河裡去追你兒子，就會變成那樣，即使你去追也一樣。」圓華對石部說，「當身體的大小和體重不同時，受到水流的影響也不一樣。被水流沖走時，和游泳能力幾乎沒有關係。你兒子會卡在剛才的地方，你太太應該會死在這裡。母子兩人既無法一起被沖走，也無法死在一起。」

石部一臉驚愕站在那裡，一句話也說不出來。

「現在你知道了吧？可以了嗎？所以想了也沒用的問題就到此結束，請你煩惱更有實質意義的事，請把日光放在你兒子的未來上。」

「兒子的……未來。」石部空洞的雙眼看著圓華。

「有東西要讓你看。」

7

所有人都回到停車場後，圓華從越野車上拿下一台筆電，俐落地操作起來，然後把螢幕轉向石部。

那由多在石部身後探頭張望，螢幕上出現的是石部湊斗的身影，頭上戴著像是頭罩的東西，然後有好幾條線。

螢幕上畫面改變，變成了生理監視器的螢幕，應該是顯示波形的儀器，但生理監視器螢幕上出現的是沒有變化的直線。

「這裡顯示的是大腦中名為伏隔核的部位活動的情況，」圓華開始向石部說明，「伏隔核具有促進多巴胺的功能，可以讓人產生積極的心態。你也看到了，湊斗的伏隔核幾乎沒有活動。因為他失去了意識，當然不可能活動。」

「所以呢？」石部問：「妳只是要我再度確認湊斗目前是植物人嗎？」

圓華不發一語地操作筆電鍵盤，再度出現了湊斗的身影。有一雙手為他戴上了耳機。

接著，螢幕上的畫面再度改變為生理監視器的螢幕，但和剛才的波形有明顯的不同，雖然很平坦，但不時有起伏。

「在活動……」石部小聲地說。

「沒錯，雖然幅度很小，但可以發現，的確有活動。其實，那是用外界的刺激來刺激湊斗，他的大腦對這個刺激有反應。」

「剛才的耳機就是妳說的刺激嗎？」

那由多問，圓華點了點頭，繼續敲著鍵盤。

筆電的喇叭突然傳來了笑聲。有人在說話。
『喂，你在幹嘛？球就在那裡！』
『湊斗，就在那裡，那裡啊，用球丟爸爸。』
『哇，等一下，不要在這麼近的地方丟我。』
『啊哈哈哈，哈哈哈。』
說話的是石部和他太太，笑聲是湊斗發出的聲音。他們似乎在公園或是什麼地方玩傳接球。
「湊斗的大腦對這個聲音產生了反應，」圓華說，「很遺憾的是，他目前應該沒有意識，但即使讓他聽其他聲音，也沒有這麼大的反應，所以足以證明這並不是反射。為什麼這個聲音這麼特別？我想不需要我說明了。因為對他來說，聲音的主人很特別。即使失去了意識，大腦仍然記得這兩個人的聲音，而且想念你們的聲音。石部先生，湊斗的大腦還活著，不僅活著，而且想要聽你的聲音。所以請你去見他，和你太太一起在他身旁，說很多很多話。拜託你了。」
石部好像凍結般一動也不動，但內心顯然百感交集。他紅了雙眼。
「湊斗想念我的聲音……即使我從來沒有好好照顧他……」
「沒這回事，因為你不是帶他去露營嗎？不是還和他玩傳接球嗎？這樣就足夠了，湊斗接收到你的愛，請你繼續愛他。目前住在醫院的不是假人，也不是機器人，而是活生生的人。只要活著，就充滿各種可能。金錢無法買到生命，現在的湊斗仍然是寶貴的生命。」

圓華的聲音在美麗的溪谷回響，石部微微點頭，用左手擦了擦眼睛下方，小聲地說了一句：「謝謝。」

三天後，那由多連續收到兩個人傳來的電子郵件。其中一封來自石部，他說決定讓湊斗接受羽原全太朗的手術。

那由多回覆說，祈禱手術順利。

另一封電子郵件來自脇谷。他在電子郵件中提到，聽說有針對孕婦的針灸，問那由多願不願意為他太太針灸。

那由多回覆說，歡迎隨時吩咐，再次恭喜你們。

第四章

無論迷失在哪條路上

1

在幹線道路左轉後，就是一條彎曲的陡坡。陡坡頂端是一片透天厝的住宅區，那由多把車子停在住宅區角落的投幣式停車位，拎著行李，邁開步伐。他要去的那戶人家走路不用三分鐘就到了。

不一會兒，就看到了那棟房子。屋前有一道矮門，矮門後是階梯。階梯旁裝了欄杆，階梯的盡頭是玄關。

朝比奈。那由多站在掛了這個門牌的門前，按了對講機的按鈕。

『請問是哪一位？』對講機內很快傳來一個女人的聲音。因為不是他想像中的聲音，那由多有點不知所措。

「午安，我是針灸師工藤。」

『好。』

那由多等在原地，玄關的門打開了，一個身穿紫色開襟衫的女人現了身。她看起來三十五、六歲，身材很苗條，臉上化著淡妝。

女人面帶微笑走下階梯，為他打開了門。「請進。」

「打擾了。」那由多鞠了一躬，走了進去。

女人關上矮門，走上階梯。那由多跟在她身後問：「請問……尾村先生呢？他今天不在嗎？」

她停下腳步，低頭思考了一下後，帶著略微僵硬的表情轉過頭。

「關於這件事，我想我哥哥會告訴你。」

「哥哥？所以妳是……」

「對。」她點了點頭，「我是朝比奈的妹妹，我叫英里子。」

「喔……原來是這樣。妳住在這附近嗎？」

「也不算太近，但現在會不時來看看哥哥的情況……請多指教。」

「也請妳多指教。」那由多鞠躬說道。他猜想可能發生了什麼事，但並沒有追問。

從玄關走進屋內，裡面傳來音樂聲。應該是古典音樂，那由多對音樂不熟，所以不知道曲名。

「朝比奈先生在客廳嗎？」

他問英里子，英里子回答說：「對。」

那由多跟著她走在走廊上，走廊盡頭有一道門。她打開那道門，叫了一聲：「哥哥，工藤先生來了。」

房間內傳來低沉的聲音，但被音樂淹沒了，那由多沒聽清楚。

「請進。」英里子請他進去客廳。

「失禮了。」那由多打了一聲招呼走進客廳時，音樂剛好停了。

客廳有十坪大，沙發和茶几是唯二的傢俱，牆邊放著看起來很高級的音響設備。

一個長髮男人坐在三人沙發的正中央，那由多之前曾經聽說他快四十歲了。以一個男人的體格，他穿了一件灰色毛衣的身體有點瘦。

他名叫朝比奈一成，「一成」這兩個字原本應該唸「Kazunari」，但大家都叫他「issei」。『這又不是我的藝名，而且在自我介紹時，從來沒有用過這樣的發音，但不知不覺中，大家都這麼叫我。』

朝比奈是鋼琴家和作曲家，音樂雜誌在介紹他時，都會在頭銜前加上「天才」這兩個字。即使沒聽過他名字的人，聽到他創作的曲子也一定很熟悉。那由多也是其中之一。

朝比奈原本也是那由多師父的病患，師父高齡後不方便出門，那由多在三年前開始接這個客人。之後每隔幾個月，都會造訪這裡，為他的肩膀、腰和膝蓋針灸。

那由多緩緩走過去，一臉白淨，完全沒有曬黑的朝比奈轉過頭。

「朝比奈先生，午安，我是工藤，這段日子的身體狀況怎麼樣？」

朝比奈微微揚起兩片薄唇的嘴角說：

「不好意思，還讓你特地來這裡。雖然我很想說，身體狀況好到不能再好，但不知道是不是因為換季的關係，老地方一直會痛。」

「是不是因為工作太忙的關係？上次聽你說，你在鋼琴前坐了三天三夜。」

朝比奈聽了那由比的話，立刻收起了笑容。

「我沒彈。」

「喔？」

「我沒彈鋼琴，已經好幾個星期都沒彈了。」

「喔？是這樣啊。」

那由多不知所措，不知道該怎麼接話。鋼琴家不彈鋼琴是怎麼一回事？

「英里子——」朝比奈叫著妹妹。

『我在廚房。』她的聲音從那由多身後傳來。客廳旁就是廚房。

「工藤喜歡茉莉花茶，妳為他泡熱茶。」

『好。』英里子回答。

「不必麻煩了。」那由多轉頭對廚房說完後，將視線移回朝比奈身上，「尾村先生呢？今天沒看到他，他去辦什麼事了嗎？」

朝比奈收起臉上的表情，他的雙眼轉向斜下方，但那由多知道，他並不是在看什麼東西。朝比奈有重度視覺障礙，只能稍微感受到光線的變化，無法判別色彩和形狀。

他罹患的病名叫視網膜色素變性症，據說是遺傳造成的，目前缺乏有效的治療方法。朝比奈在兒童時期開始出現症狀，但並不是突然失明，而是視野漸漸變狹窄。十年前，只要用特殊的放大鏡，還可以看到文字，二十年前，他還曾經看電視。

朝比奈微微揚起下巴，無法聚焦的雙眼對著那由多的臉。雖然應該只是巧合，但那由多不由地吃了一驚。

「工藤，你果然不知道。這也難怪，山姆並不是名人。」

「不知道……什麼？」

「山姆再也不會來這裡了。」朝比奈頹然地說。

「啊？再也不會來的意思是？」

「就是永遠都不會再來的意思。山姆不會再來了，再也見不到他了。」

那由多無言以對。他聽不懂朝比奈這句話的真意。山姆就是尾村勇，朝比奈根據「勇」的發音「isamu」，取了後面兩個音，叫他「山姆」。

「為……什麼？」那由多不知道該不該問，但還是戰戰兢兢地開了口。

朝比奈右手食指指著上方說：「他去了那裡。」

「那裡？」

「天堂。他死了，一個月前死的。」朝比奈很乾脆地說。因為朝比奈的語氣太平淡，那由多差點以為自己聽錯了。

那由多說不出話，也很失禮地慶幸朝比奈的眼睛幾乎看不到。因為他不知道該露出怎樣的表情。

「工藤，」朝比奈叫著他，「你在聽吧？」

「喔，對。」那由多忍不住坐直了身體，「太驚訝了。請問……到底發生了什麼事？他出了意外嗎？他看起來不像生了病。」

「嗯，是啊，我也沒有發現山姆身體狀況的變化。」

聽朝比奈的這句話，難道真的是因病去世？

「他的身體哪裡出了問題嗎？」

朝比奈聽了那由多的問題，微微偏著頭，吐了一口氣。

「是啊，或者可以說是心……出了問題。」

朝比奈的回答出乎那由多的意料。

「心出了問題，所以……」

那由多說到這裡時，朝比奈的臉轉向那由多後方。

「趕快拿過來，不然茉莉花茶冷掉了。」

那由多轉過頭，發現英里子雙手端著放了茶壺和茶杯的托盤站在那裡。朝比奈可能聽到些微的動靜和聲音，察覺她站在那裡。

英里子走過來，在茶几旁蹲了下來，把茶壺裡的茉莉花茶倒在茶杯中，香氣濃厚，身體好像馬上溫暖起來。

「他跳下懸崖。」朝比奈突然說道。

那由多瞪大眼睛。他知道朝比奈在說尾村的死因。

英里子正準備把茶杯端到他們面前，也忍不住停下手。

「未必是他自己跳下去，警方說，也不能排除意外的可能。」

「山姆不可能犯這種錯誤。我不是說過好幾次嗎？山姆經常說，如果要死，就要去別人無法找到屍體的地方。像是茂密的森林或是無人島，他不想讓別人看到腐爛、醜陋的屍體。」

「即使這樣，也未必是自殺啊。」

「我要說幾次妳才聽得懂？那妳告訴我，山姆為什麼要去那種地方？我從來沒聽他說過喜歡登山，他的個性很謹慎，如果不是想尋死，不可能心血來潮去登山，也不可能因為不小心去那種危險的地方。」朝比奈把左手放在茶几上說：「茶杯。」

英里子把茶杯放在茶托上，推到她哥哥手指可以碰到的位置。

朝比奈用右手拿起茶杯，動作熟練地端到嘴邊。看他喝茶的樣子，顯然瞭解茶的溫度。

「雖然我剛才說『那種危險的地方』，」朝比奈把茶杯放回茶托時，沒有發出任何聲音，「但其實我完全不知道那是什麼地方，那裡的地名叫什麼？」

「銀貂山。」英里子回答。

「啊，對、對，傳說以前有銀色的貂住在那裡。工藤，你知道那個地方嗎？」

「好像聽過，但也只有這種程度而已。雖然我也喜歡爬山，但從來沒去過。」

「你不是有智慧型手機嗎？可以查一下。」

「好，我來查一下，請問漢字要怎麼寫？」

「漢字很難寫，你可以用平假名查。」英里子說。

那由多用手機查了一下，很快就找到了。那三個漢字似乎是「銀貂山」。的確很難寫。那座山標高一千三百公尺，從東京到離銀貂山最近的車站要三個小時左右，所以去那裡登山可以當天來回。

「上面寫著，即使初級者也不困難，所以應該不至於太危險吧？」那由多問英里子。

「我也是聽當地警察說的，並沒有實際去墜落的現場。聽警方說，到山頂的路並不會太危險，也不會不好走，有很多上了年紀的人去那裡登山。但中途偏離登山路線的地方有陡峭的懸崖，而且都是岩石，有可能會滑落。警方還說，勘驗現場也很辛苦。」

「確定是從那裡墜落的嗎？」

「應該沒錯。」

「聽警方的人說，」朝比奈說：「不可能因為迷路走去那裡，一定是特地前往，所以才會問我，是否知道可能導致他自殺的原因——工藤，你怎麼了？怎麼都沒喝茶？茉莉花茶都涼了。」

「啊……我要喝。」那由多從茶托中拿起茶杯，發出餐具碰撞的輕微聲音。朝比奈剛才一直沒聽到這個聲音，所以一直很在意。

那由多喝了一口茉莉花茶。

「警方打電話通知你，說尾村先生去世了嗎？」

朝比奈點了點頭。

「登山客發現了屍體，然後報了警，研判已經死了三天了。因為他的衣服口袋裡有駕照，所以立刻知道了他的姓名和住址，但因為他一個人住，聯絡不到他的家人。於是，警方又向房屋仲介公司打聽，聯絡了他租房子時的擔保人。」

那個擔保人應該就是朝比奈。

「在接到警方聯絡時，我就覺得預感成真了。當然是不好的預感。」

「請問是怎麼一回事？」

「從兩天前，我就無法聯絡到他。電話打不通，傳訊息給他也沒有回應。因為以前從來沒有發生過這種事，所以我很擔心是不是出了什麼意外。」

「所以，他沒告訴你，他要去登山這件事。」

「對，他沒說。」

「尾村先生的家人呢？」

「他母親和他的兄嫂一起住在富山，他父親早就離開人世，但山姆最近幾乎和他們沒有聯絡，他說，和沒辦法理解自己生活方式的人相處太累人。但是——」朝比奈偏著頭說，「現在回想起來，也許他在逞強，搞不好他很希望獲得家人的諒解。」

那由多隱約，不，是很明確知道朝比奈在說什麼，也瞭解尾村說的「生活方式」所代表的意思——

「所以你通知了尾村先生的家人，說他已經去世了。」

「那當然啊，他們立刻就趕過來，把山姆的遺體運回富山，說要在那裡舉辦葬禮。當時，他哥哥對我說，他們家的親戚都很保守，所以希望我不要參加葬禮。」

朝比奈用低沉的語氣說的內容具有沉重的意義。那由多不敢隨便回答，只能沉默以對。

「哥哥，」英里子開了口，「你不是要請工藤先生為你針灸嗎？」

「對啊，工藤，不好意思，讓你陪我聊這些無聊的事。」
「怎麼會無聊……只是你把這麼重要的事告訴我，讓我感到誠惶誠恐。」
「我並不是逢人就說，因為我覺得你在很多事上都能夠瞭解。」
「謝謝，雖然我幫不上任何忙……」
「你願意當聽眾就好了——我像平時一樣，躺在這張沙發上就好了嗎？」
「對，躺在這裡就好。」那由多對英里子說：「可不可以借用兩條大浴巾？」
「大浴巾嗎？好。」英里子站了起來。
朝比奈開始脫毛衣，毛衣裡面穿著內衣。他正打算脫內衣時，突然停了下來，「是不是不該做那件事？」
「啊？」那由多看著朝比奈的臉，忍不住大吃一驚。因為他的雙眼漸漸充血。
「哪件事？」
「告白啊。」朝比奈的聲音中帶著哭腔，「到頭來，出櫃也許只是自我滿足。」

2

在針灸時，那由多才知道英里子的全名叫西岡英里子。她並不是一直在旁邊，而是勤快地忙著洗衣服，或是在廚房洗碗盤。她和丈夫、一個女兒住在幾公里外的地方，每隔兩、三天就會來照顧哥哥的生活，也會帶只要用微波爐加熱的食品，和可以久放的熟食。一個月之前，都是朝比奈重要的伴侶在做這些事。

針灸結束後，英里子送那由多到玄關外。

「今天很謝謝你。」英里子恭敬地鞠躬道謝。

「妳太客氣了，」那由多搖了搖手，「這是我的工作，請妳不要這麼見外，不過，妳自己也有家庭，現在這樣也很辛苦啊。」

「是啊，但還是會擔心……」英里子回頭看向房子，「每次來這裡看到哥哥，就忍不住鬆一口氣。啊，原來他還活著。」

「啊！」那由多忍不住叫了一聲。原來她擔心哥哥也跟著自殺。

「但是，今天很慶幸你來這裡，一方面是為哥哥針灸，而且我相信哥哥終於說出了他壓在心頭的話。」

「只是不知道我夠不夠資格。」

「那當然。」英里子充滿確信地點頭，「哥哥發自內心信賴你。」

「我相信他有很多聊天對象。」

「但其實並不是你想的那樣。」英里子說完，露出凝望遠方的眼神，「如果尾村先生真的是自殺，那就太過分了。他為什麼沒想到我哥哥獨自面對，會有多痛苦，還是說，他已經被逼入絕境，根本顧不了那麼多了。」

「我也不知道該怎麼說……」那由多低下頭。

「啊，對不起，耽誤你的時間了。你開車來這裡吧？路上小心。」

「謝謝，那我就先走了。」那由多鞠躬道別後，走下通往矮門的階梯。

回到投幣式停車格，繳完停車費後，坐上了車子。發動引擎後，突然想到一件事，打開汽車音響，從硬碟中挑選了朝比奈在一年前送給他CD中的曲子。他記得朝比奈當時滿臉喜色地說，這是他久違的新作品。

那由多一邊開車，一邊聽著汽車喇叭中傳來鋼琴旋律。

朝比奈就是在發表這首曲子時，公布自己是同性戀者。他接受了幾家音樂雜誌的採訪，在其中一次採訪中出櫃，顯然和CD名是「my love」有關，但也可以說，正因為他做好了出櫃的心理準備，才會為CD取這個名字。

當記者問他是否有固定伴侶時，朝比奈回答說：「有。」還說對方也同意他出櫃，同時還補充說，他和對方多年來，在工作上也一直維持良好的關係。

雖然他並沒有公布伴侶的名字，但瞭解朝比奈的人都知道那個人就是尾村勇。

他們在十幾年前認識。作曲家朝比奈逐漸走紅，但由於視力持續衰退，已經無法自己寫樂譜，於是開始尋找可以代替自己寫下樂譜的人。把尾村介紹給朝比奈的是他們共同的朋友，聽朝比奈說，他一聽到尾村的聲音，就感受到「終於遇到尋找已久的人的震撼」。尾村也覺得他們的相遇是命運的安排。

之後，尾村不僅負責記錄朝比奈創作的樂曲，也成為他討論創作的對象、代替他和外界交涉、溝通，更負責他的生活起居，成為他獨一無二的伴侶。

那由多曾經在朝比奈出櫃後不久和他見過面，當時，他笑著說：

『其實大家都隱約察覺到了。因為我們形影不離，別人看到我們的相處，一定知道我們有特殊的關係，但因為我們沒有公布，所以別人也不方便問，聽說讓有些人覺得不知道該怎麼辦。好幾個人跟我說，以後終於不必那麼戰戰兢兢了。』

當時，他自信滿滿地說，出櫃是正確的決定。

其實那由多之前也隱約察覺到了。初次見到他們兩人時，就覺得可能是這麼一回事。尾村一身黝黑，渾身肌肉飽滿，和朝比奈完全相反，但對朝比奈的態度簡直就像年長的太太。尾村為朝比奈準備飲料，把他脫下的衣服摺好，向那由多說明朝比奈身體哪裡不適時，比朝比奈本人更清楚。

那由多納悶的是，即使在出櫃之後，他們也沒有一起生活。他曾經問過朝比奈這件事，朝比奈回答說，只是時機問題。

『我之前不是曾經告訴你，山姆在大學當兼任講師嗎？他目前住的地方去學校上課比較方便。其實那份薪水不高，我覺得根本可以辭掉了，但他有他的想法。而且，我們只是沒有住在一起，但他幾乎每天都來這裡，所以這件事就由他決定。』

朝比奈對他們之間的感情沒有絲毫的不安。

但是——

朝比奈剛才說，出櫃也許只是自我滿足，然後又接著說：

『社會對同性戀的看法並沒有改變，只是對我們的看法有所改變，對我和山姆……我覺得這樣也無妨，只是不知道山姆有沒有做好這樣的心理準備。當初是我提出要出櫃，他說，既然我想這麼做，他沒有意見，但他從來沒有說過他想要出櫃，所以也許只是尊重我的想法。不，八成是這樣。』

他的出櫃引起很大的反響，但朝比奈說，他幾乎沒有感到任何不悅。

『回想起來，這也是理所當然的事。因為我只要整天窩在家裡作曲就好，所接觸的人都是音樂相關的人，或是熟悉的人。因為我眼睛看不到，所以也不知道別人在網路上說些什麼。但是，山姆不一樣，他必須去兼任講師的大學上課，也要代替我和各式各樣的人見面，我猜想他也會上網看那些討論。他雖然什麼都沒對我說，但不難想像，他在各種場合都遭遇到各種偏見。我太後知後覺，失去他之後，我才想到這件事。』

朝比奈認為這就是尾村自殺的動機。

『失去山姆後，我無心做任何事。不想碰鋼琴，也許……不，我應該一輩子都不會再彈鋼琴了。業界傳言，山姆其實是我的影子寫手，如果我以後也不再作曲，大家會對這個傳聞信以為真。』朝比奈說完，露出了自虐而寂寞的笑容。

那由多只能在為天才作曲家針灸的時候，聽他傾訴內心的煩惱。那由多不敢隨便附和，更覺得不可以漫不經心地說什麼「你要振作」這種不負責任的話。在針灸結束之後，那由多幾乎沒說什麼話。

哥哥發自內心信賴你——他想起英里子的話。

別高估我。那由多握著方向盤嘀咕道。別人對他抱有太大期待，也會讓他難以承受。

3

十月的最後一天，那由多的手機接到了一封意想不到的人傳來的電子郵件。是羽原圓華。自從七月那一次之後，就沒和她見過面。

圓華在電子郵件中說，有事要問那由多，可不可以見個面。那由多欠了圓華不少人情，所以立刻打了電話，電話立刻接通了。

「妳要問我什麼事？」

『電話中說不清楚，我希望當面談，你決定時間和地點。』她說話語氣依然冷淡。

「我明天下午有空，三點左右怎麼樣？」

『好啊，地點呢？』

「要不要在開明大學醫院見面？我這一陣子很忙，一直沒去看湊斗，所以想去看他一下。」

『沒問題，你去看完他之後，再打電話給我。我會搭車去，就在停車場見面吧。』

「停車場？為什麼要約在那種地方……？」

『如果去餐廳，可能會被別人聽到，還是說，你無論如何都想和我一起喝咖啡？』

「才沒有呢。」

『既然這樣，那就這麼決定了。一言為定。』

「等一下，到底是哪方面的事？至少提示一下。」

圓華停頓了一下，似乎在思考之後回答說：『關於電影。』

「電影？妳是說銀幕上的那個電影嗎？」

『除了那個電影以外，還有哪個電影？那就明天見囉。』圓華說完，掛上了電話。

那由多注視著手機。

電影——

他覺得烏雲在心頭聚集。

隔天，那由多相隔兩個月去探視了石部湊斗，看到他恢復的狀況，忍不住瞪大了眼睛。因為上次來的時候，湊斗看起來一直在沉睡，如今已經睜開了眼睛，而且會用眨眼的方式回答別人的問題。

「雖然現在只能回答一些簡單的問題，」石部太太說話時的表情很開朗，聲音中也帶著興奮，一定是因為她清楚看到了希望的光芒。

石部憲明九月開始回學校上課。雖然無法見到老師有點遺憾，但石部似乎已經走出了暫時的失意，那由多也感到安心。

離開病房大樓後，他走向停車場時，打電話給圓華。圓華叫他回車上等她。

那由多回到車上，打開了汽車音響的開關，但他完全無法欣賞播放的音樂。圓華到底要和自己談什麼事？他滿腦子都在想這件事。

一輛轎車駛入停車場，那由多茫然地看著那輛車，忍不住大吃一驚。因為開車的女人就是負責監視羽原圓華的桐宮女士。

轎車停了下來，後車門打開，一個穿著西裝的彪形大漢下了車。那由多看過那張冷酷的臉。七月和圓華約在黑馬川的露營場見面時，這個男人也陪著圓華一起去。記得他好像叫武尾。

身穿白色連帽衣的圓華也跟著男人下了車。她披著一頭長髮，戴著粉紅色毛線帽。她似乎已經看到那由多的車子，毫不猶豫地走了過來，繞到副駕駛座旁，打開車門，坐了下來。「讓你久等了。」

「沒等多久。」那由多看向那輛轎車。彪形大漢站在車旁，一直看著他們，「戒備越來越森嚴了，妳無論去哪裡，這兩個人都一直跟著妳嗎？」

「他們奉命不能讓我離開他們的視線，你不必管他們。」

「怎麼可能嘛，他們到底在監視什麼？」

「監視我會不會輕舉妄動。這不重要，你有沒有見到湊斗？」

「剛才見到了，太驚訝了，羽原博士果然是天才。」

那由多正準備伸手關汽車音響，圓華制止了他。

「等一下，這是〈my love〉吧？朝比奈一成的。」

「對啊，妳連這個也知道。」

「我爸爸有這張CD，你也是他的樂迷嗎？」

「不是，他是我的病患，也是從我師父手上接手的，所以他送我這張CD，十天前，我也去為他針灸。」

「是喔……」圓華打量著那由多的臉。

「怎麼了？有什麼問題嗎？」

「只是為他針灸而已？有沒有和朝比奈一成聊一些私人的對話？」

「私人的？」那由多忍不住皺起眉頭，「當然不可能聊什麼私人對話，只是為他針灸而已，在針灸時會閒聊。妳到底想說什麼？」

「不，沒什麼。」圓華輕輕搖頭。

那由多關上汽車音響。

「到底有什麼事？妳不是有事要問我嗎？」

「嗯，」圓華點了點頭，「想打聽一個導演。」

「導演？」

「甘粕才生……你應該認識他吧？」圓華注視著那由多的臉。

那由多無法立刻回答，他覺得有點暈眩，思考暫時麻痺。因為圓華的問題太出乎他的意料，簡直就像是從意想不到的方向飛來一支箭，射穿了他的身體。

圓華目不轉睛地看著那由多，好像學者在觀察白老鼠。

那由多回過神，發現自己屏住了呼吸。他吐了一口氣，用手背擦拭嘴巴。

「為什麼？」他問到一半，但聲音分岔。他乾咳了一下，又重新問了一次，「妳為什麼問我這種問題？」

「因為我覺得你應該認識甘粕才生，對不對？你不是演過他拍的電影嗎？」

圓華若無其事說的話，再度對他內心造成了很大的震撼。這個女生到底是何方神聖？每次都會做出一些遠遠超出預料的舉動令人大吃一驚。

「你為什麼不說話？」圓華注視著那由多的眼睛。

那由多閉上眼睛，深呼吸後開了口。圓華仍然注視著他。

「妳什麼時候知道的？」那由多用沙啞的聲音問。

「在筒井老師的研究室第一次見到的時候，那時候就覺得好像在哪裡看過你。」圓華說，「我沒有馬上想起來，之後努力回想了一下，才發現是演甘粕才生電影的那個少年。」

那由多看著她的臉問：「妳看了那部電影嗎？」

「因為有某些原因，我看了好幾部他的電影。」

「妳竟然會發現，那已經是快二十年前的事了。」

圓華的嘴角露出笑容，「你還有當時的影子。」

「為什麼妳之前都沒提過這件事？」

圓華聳了聳肩說：

「因為我猜想你可能不喜歡別人提起以前的事。以前……當童星的時候。」

「妳為什麼這麼想？」

「因為你用了假名字。工藤那由多，但其實你叫工藤京太，京是京都的京，以前當童星時，你用了本名。既然你沒用那個名字，通常不是會認為你想要隱瞞童星時代的事嗎？」

那由多靠在椅子上，嘆了一口氣。

「職棒有一個知名的投手叫村田兆治，我外公的名字也叫兆治，我父母期待我超越外公，所以為我取名字時，用了京這個字。因為京比兆大，很簡單吧？」

「你在取假名字的時候，想要遠遠超越京，所以就取了那由多……是不是這樣？」

「差不多吧，這也很簡單吧。」那由多看著圓華，「妳明知道我不喜歡，今天還特地向我提起以前的事。」

「雖然於心不安，但現在無暇顧及那麼多了。我在找人，所以想要一些線索，即使是很微不足道的事也沒關係。」

「妳要找的人是甘粕才生嗎？」

「不是，我正在找一個重要的朋友，但並不是和甘粕才生沒有關係。」圓華收起下巴，抬眼看著那由多，「你知道甘粕才生在哪裡嗎？」

「開什麼玩笑，我怎麼可能知道？我離開演藝圈已經多少年了！」

「那把你知道的告訴我就好，把你記得有關甘粕才生的事全都告訴我。他是怎樣的人？他是怎麼找到你的？」

那由多在臉前搖著手。

「我忘了，應該說，我不願回想，我決定埋葬那段時間的記憶。尤其是關於那部電影，更不願去回想任何事。不好意思，不要再問——」說到這裡，放在上衣內側口袋的手機響了。那由多輕輕嘆了一口氣，拿出手機。雖然螢幕上顯示了一個陌生的號碼，但他還是接了起來。

「喂？」

『請問是工藤先生嗎？』電話中傳來一個女人的聲音。

「我就是。」

『嗯……我是西岡，上次謝謝你。』

聽到「西岡」這個姓氏，那由多不知道是誰，幸好很快就想到了。

「喔，原來是英里子小姐，朝比奈先生的妹妹。」

『對，不好意思，在你百忙之中打擾。請問現在方便說話嗎？』

「沒問題，請問怎麼了嗎？」

『不瞞你說，我哥哥的狀況有點不太對勁。』

「朝比奈先生嗎？怎麼不對勁？」

『這一陣子比之前更鬱鬱寡歡，好像也沒有好好吃飯……而且有時候會提到你的名字。』

「怎麼提到我？」

『他說，是不是不該和你聊那些，是不是讓你感到不愉快……總之，我覺得哥哥想再見到你。』

「我嗎？」

那由多感到很困惑。朝比奈到底對自己有什麼期待？

『工藤先生，怎麼樣？可不可以麻煩你找機會去看我哥哥？假裝剛好去附近，順便去看看他。』

「那沒問題啊，只是我覺得自己幫不上任何忙。」

『不，只要能夠陪哥哥聊天，我就感激不盡了，可不可以麻煩你？』

「那……那個、我有時間時，會去拜訪他。」

『是嗎？謝謝你，那就麻煩你了。』從英里子拚命拜託的語氣，似乎可以看到她一次一次鞠躬的樣子。

掛上電話後，那由多嘆了一口氣。

「朝比奈一成先生的家人嗎？」圓華問。

「是啊。」

「朝比奈一成先生怎麼了？我剛才聽到你們的對話，他好像很依賴你。」

「他好像誤會什麼了，真傷腦筋。」他把手機放回口袋，「我們繼續剛才的話題，總之，我不願回想以前的事。不好意思，幫不上妳的忙，別再指望我了。」

圓華垂下眼睛，長長的睫毛動了幾下，「是嗎？那就沒辦法了。」

「等一下還有工作，我要先離開了。」

「好吧。」圓華打開車門，離開副駕駛座。

「但是……」她在下車之後說：「我覺得你當時的演技很出色。」

「當時？」

「為錯亂性愛煩惱的中學生角色──《凍唇》。」

圓華輕鬆說的話重重刺進那由多的心，巨大的衝擊讓他說不出話。

圓華用冷漠的眼神觀察他的反應後，說了聲：「那就先這樣。」關上了車門。

4

說實話，那由多不太記得自己是怎麼開始在鏡頭前演戲。他從小就學很多才藝，其中包括了舞蹈、唱歌和表演的訓練。很久之後他才知道，才藝學校和經紀公司有密切關係。聽母親綾子說，當初是走在路上時被星探相中，但那由多認為她在說謊。綾子愛出風頭，喜歡名人，而且很自戀，她認為自己的兒子是其他小孩無法相比的美少年，忍不住帶他去演藝學校。

但那由多並不是不甘不願地配合母親的夢想。在演了幾個小角色後，他感受到演戲的快樂。即使只是短暫的時間，能夠變成另一個人這件事讓他感到有趣。漸漸地，在演感傷的戲時，他能夠自然落淚，大人對此讚不絕口，也讓他產生了快感。

以後要一直當演員，還是長大之後，自然會從事其他工作？他對這個問題沒有明確的答案，繼續持續演藝工作。因為他認為以後再思考這個問題就好。

那由多剛升上中學二年級時，接到了那個工作。他要在新銳導演的作品中演主角。

他看了劇本，發現劇本很費解。在富裕家庭中成長的英俊少年認識了一個妓女，然後墜入了和之前完全不同的世界。電影主角的少年幾乎沒有台詞，但那由多憑以往的經驗知道，沒有台詞並不代表很輕鬆，而且反而更需要發揮高超的演技。

他第一次見到導演甘粕才生時很緊張，很擔心他會提出什麼出人意料的要求。甘粕的眼睛深處發出可怕的光，被他用力注視時，覺得好像會被那雙眼睛吸進去。甘粕的指示很簡潔，他叫那由多什麼都別想。

『我不需要你思考後的演技，你只要把腦袋放空，我就可以激發你的演技，可以喚醒你內在的潛力。瞭解嗎？腦袋放空，來現場時什麼都別想，然後按照我的指示去演。在演的時候，也要把腦袋放空。』

這是第一次有導演對他說這種話，所以他很驚訝，但既然不需要思考，他當然求之不得，於是決定一切都交給這位導演。

開始拍攝後，他充分瞭解甘粕說的意思。因為主角面臨的狀況太特殊，難以想像他的內心，而且和其他角色之間的關係也很複雜，只要稍微思考，身體就無法動彈。他徹底放空，按照甘粕的指示表演。在拍攝期間，那由多是甘粕的傀儡，但甘粕具有神奇的力量，那由多並沒有對此感到不滿。被他放在手心，好像中了催眠術般演戲的狀態反而很舒適。

拍電影並不是根據故事情節的順序拍攝，因為必須注重效率，所以拍攝時會打亂順序，再加上劇本內容很費解，那由多在拍攝過程中，完全無法預料是怎樣一部作品，甚至不知道如何描寫主角。

只不過那由多也知道一件事，主角和很多人有性關係，而且並不限於女生。雖然沒有直接的描寫，但有些鏡頭暗示少年和男人交歡。他在看劇本時並沒有發現這件事。

完成的作品——《凍唇》受到專家的大肆讚賞，也在海外的電影節獲得大獎，進一步成為討論的話題。甘粕才生很快就聲名大噪。

其實，那由多至今仍然沒有看過那部電影。一方面因為上學，沒有時間去看電影，再加上搶先去參加試映會的父母叫他最好別看。父親更是大發雷霆，責罵同意接下這部電影的母親。父親原本就對兒子進入演藝圈這件事不表贊同。

《凍唇》成為那由多的最後一部電影。因為父母的強烈要求，他離開了經紀公司。那由多自己也覺得不能繼續留在演藝圈，因為在《凍唇》上映後，他覺得周圍人看自己的眼神明顯和之前不一樣了。

那由多成為一個普通的高中生，他不再在鏡頭前演戲。人都很健忘，《凍唇》雖然引起了話題，但票房並沒有太理想，即使他走在路上，也不會被人認出來。

在他完全忘了那部電影時，影響才顯現。那時候，那由多剛升上高三不久。

有一天，他走進教室時，發現課桌上放了一張照片。仔細一看，發現是從某篇報導中剪下來的。之後他才知道，那是從《凍唇》的簡介上剪下來的。

照片上是那由多和另一名男演員，兩個人正在接吻。剪下來的照片旁用手寫的字寫著

「變態演員　工藤京太」。

那由多覺得渾身的血都衝上腦袋，整個人都抓狂了。他不太記得自己之後的行為，回過神時，已經躲在家中的床上，全身縮成一團，身體顫抖不已。

那天之後，他在學校的生活和之前完全變了樣。雖然當時的網路沒有現在這麼發達，但負面傳聞往往傳得特別快，再加上包含了有關性的內容，所以很快不脛而走。

之前的好朋友開始和他保持距離，他無論走到哪裡，別人都對他投以好奇的眼神。他立刻知道，有人在背後對他指指點點。

那天，他準備走進廁所時，原本在廁所內的兩個男生慌忙衝了出來，其中一個人笑著說：「好危險，好危險，在這種地方脫褲子，差一點就被攻擊了。」

那由多體內的某個開關打開了，當他回過神時，發現自己騎在那個男生身上，一次又一次揮下木棒。木棒是廁所裡的拖把，他完全不知道自己什麼時候拿起了拖把。

對方身受重傷，那由多遭到停學處分，但他並沒有告訴父母詳情，只說是雙方口角後打了起來。

學校方面也並沒有重視這件事，因為對方也沒有說出真相，但校方不可能不知道其他同學用帶有偏見的眼光看那由多，而且有幾個老師也一樣。

那件事之後，那由多不再去學校。雖然父母試圖瞭解原因，但他整天關在自己房間內，不和父母說話。因為他認為他們一旦知道真相，父親又會責罵母親。

班導師石部憲明努力想要讓他重新站起來，石部頻繁造訪，隔著門和那由多說話。

「如果你不喜歡，不去學校也沒關係，但要好好吃飯，最好也做點運動，然後要讀書。你不是準備上大學嗎？要來學校參加期中考和期末考，其他的事，我會負責幫你處理。」

石部為他帶來了學校發的教材，以及學校的行事曆。

意外的是，石部並沒有問那由多拒學的原因。當然是因為他知道原因，但他從來沒有提過，而且也從來沒有和那由多的父母提這件事。

「他什麼都沒說，一定有原因，就慢慢等到他願意開口。」石部對那由多的父母這麼說。

就這樣過了兩個月後，石部對他說：「你要不要去學校露臉？但是會安排在星期六，以補課的方式進行。只要你願意出席，我可以保證讓你畢業。不必擔心，只有你一個人補課。」

那由多感受到石部的熱心，所以也無法斷然拒絕，同時也覺得萬一真的畢不了業，恐怕會很慘。

當他踏進久違的教室時，發現自己被騙了。教室裡已經有另一個人。那由多雖然沒和他說過話，但知道他是出了名的壞學生。

他就是脇谷正樹，聽說他在高二那年引發了鬥毆事件，以傷害罪遭到起訴，也不止一次遭到停學處分。

原來我和他同班。那由多心想。因為他升上高三後不久就開始拒學，所以不太清楚班上有哪些同學。

那由多忍不住警戒起來。脇谷起身走向他，做出了意想不到的行為。

「原來你也吊車尾啊，那就請多指教。」說完，他向那由多伸出右手，想要和他握手。

那由多握著脇谷厚實的手，直覺地認為，這個傢伙可以信任。雖然不知道他之前幹了什麼壞事，但本質上應該是一個直率的人。

之後才知道，脇谷被中學的學長拉進了不良幫派，因為他覺得那些不受大人管教的學長很帥氣，也是在學長的慫恿下，引發了那起鬥毆事件。

「我以前是全壘打級的笨蛋。」脇谷不止一次這麼說。

石部雖然說是補課，但並沒有為那由多和脇谷上課，只是在教室裡和他們閒聊，也不會問他們升學的事。

石部經常說，這是你們的人生，想怎麼過都可以。

「只要有我可以幫忙的事，隨時告訴我，這就是補課的目的。」

這句話為對未來開始感到悲觀的那由多壯了膽，具備了讓他覺得自己或許可以重來的力量。

脇谷平時也有去學校上課，但他二年級時的出席天數太少，必須以補課的方式補回來，所以和他聊天，可以瞭解班上同學的情況。

「我想大家都已經不在意你了，你也差不多可以來學校上課了。」

雖然脇谷這麼說，但那由多並不想去學校。因為他覺得一旦開始上學，別人又會用好奇的眼光看他。

但他還是遵守了和石部的約定，參加每次考試。因為他覺得大家一定會注意他，所以他在家很用功。比起聽老師上課，他更適合用參考書自學讀書，所以每次考試的成績都很出色，所以脇谷才會說，他很少去學校上課，考試的日子才走進教室，結果竟然考滿分。

雖然他出席的天數完全不夠，但多虧了石部幫忙，他可以參加大學考試。他之所以報考醫學系，是希望讓父母安心。因為父母顯然為他這個獨生子擔心，他覺得只要聽說自己的目標是當醫生，父母應該會安心。

他沒有參加高中的畢業典禮。那天，他在家裡為終於解脫感到鬆了一口氣。他決定上大學後，要變成另一個人。要換髮型、鍛鍊身體，徹底改變形象，讓別人認不出自己。也許可以考慮留鬍子。

然後——

他希望也可以改名字。

5

去開明大學醫院三天後的傍晚，又接到了圓華的聯絡。這次她打電話給那由多，那由多剛好離開病患家，準備走路去搭地鐵。

他接起電話，圓華劈頭就問：『你有沒有去見朝比奈一成？』

「怎麼突然這麼問？連招呼也不打一聲嗎？」

『我們三天前才見過，不需要時令的問候吧？怎麼樣？你去看過朝比奈了嗎？』

「為什麼要問我這個問題？」

『你之前不是在電話中說，有時間就會去看他嗎？』

「我是問妳為什麼要關心這個問題，和妳沒關係吧？」

『就是和我有關係啊。我有沒有告訴你，我爸爸有朝比奈先生的ＣＤ？』

「上次聽妳說了。」

『但是，我爸爸說，並不是他的樂迷，而是因為工作需要，才會有那張ＣＤ。』

「工作？」

『就是羽原手法。』

那由多聽了圓華的回答，忍不住一驚。羽原手法就是石部湊斗接受的腦外科手術。

「怎麼需要？」

那由多問，圓華低吟了一聲。

『電話中說不清楚，等一下要不要找個地方見面？』

那由多看了一眼手錶，今天外出的工作都結束了。

「我沒問題，但我不想談甘粕導演的事。」

『我知道，和那件事完全沒關係，你放心吧。要約在哪裡見面？』

那由多想了一下，指定了表參道附近的一家露天咖啡館。

四十分鐘後，那由多在約定的那家店喝拿鐵咖啡時，三天前見過的那輛轎車停在路旁。後車門打開後，戴著粉紅色毛線帽的圓華跟著彪形大漢下了車，這也和三天前完全一樣。不同的是那輛轎車在他們下車後就離開了，可能準備去哪裡停車。

圓華一個人走進咖啡店，她馬上看到了那由多，輕輕揮了揮手，他也舉手回應。

「讓你久等了。」

圓華在那由多對面坐了下來，找來服務生，點了奶茶。

那由多看向人行道，那個彪形大漢站在人行道旁，目不轉睛地看著他們，眼神很銳利。

那由多轉頭看著圓華。

「那我們來談正事。朝比奈先生的樂曲和羽原博士的手術有什麼關係？」

圓華微微偏著頭說：

「簡單地說，就是用來刺激腦部。」

「刺激腦部？」

「羽原手法的重點之一，就是在手術後，給予病患的腦部各種不同的刺激。除了撫摸身體，嗅聞氣味以外，聽聲音的方法最有效，音樂更是大腦功能恢復不可或缺的重要刺激，只是完全不知道哪一種音樂效果比較好。雖然古典音樂比較理想，但對每個人的效果各不相同。不過，最近發現了好幾首樂曲有壓倒性的效果，聽我爸爸說，病患的反應完全不同。重點還在後面，這些樂曲都有一個共同點，都是同一個人創作的樂曲。」

「該不會是朝比奈先生？」

「就是這麼一回事。」

圓華點頭時，奶茶送了上來。

那由多拿起拿鐵。

「太不可思議了，為什麼會這樣？」

「我不是說了，目前還不知道嗎？但我爸爸認為一定有什麼因果關係，所以他想採訪一下本人。其實之前就開始交涉，最近突然停了下來。之前都是和朝比奈一成的經紀人交涉，但他在兩個月前意外身亡……你知道這些事嗎？」

「上次去朝比奈先生家裡時聽說了，但他不是經紀人，更像是代理人。」

「既然這樣，你應該瞭解狀況。總之，我爸爸正在找能夠和朝比奈聯絡的人，你願不願意幫這個忙？」

「我嗎？」

圓華放下茶杯，抱著雙臂。

「雖然這麼說有點那個，但我幫了你不少忙，讓你的跳台滑雪選手朋友復活，也協助栽培了彈指球投手的年輕搭檔，還協助石部老師擺脫了無聊的煩惱，這些全都是我的功勞。」

她用完全感受不到絲毫謙虛的話誇示自己功勞的態度讓那由多很吃驚，卻無法反駁。她說的是事實。

「為他們介紹當然不是問題，」那由多無奈地說，「但採訪可能有問題。至少暫時不太可能。」

「為什麼？」

「因為失去代理人的打擊，導致他陷入沮喪，目前只願意和極少數人見面。」

「你就是這極少數人之一吧？所以那天才會接到那通電話。」

那由多皺著眉頭，聳了聳肩。

「他太高估我了，即使對我抱有期待，也讓我難以承受。」

「但他是你師父交給你的重要客人，還是去見見他吧？你去見他的時候帶我一起去，你覺得怎麼樣？」

那由多嘆了一口氣。

「妳沒在聽我說話嗎？即使現在見到朝比奈先生，也沒有意義。他身邊的人正在擔心他會不會跟著自殺。」

「跟著自殺？」

「那個代理人叫尾村先生，據說不是單純的意外，可能是自殺。而且對朝比奈先生來說，尾村先生不光是他在工作上的伙伴。」

那由多確認周圍並沒有人偷聽他們的談話後，簡單說明了尾村勇死時的狀況，以及朝比奈和尾村的關係。

原本很擔心圓華聽到同性戀這三個字時不知道會有什麼反應，但她幾乎面不改色，輕鬆地說：「所以朝比奈先生失去了情人，他認為是自己造成的。」

「對，差不多就是這樣。」

「但目前還不瞭解真相吧？自殺的動機是什麼？而且到底是不是自殺？為這件事痛苦太不值得了。」

「不值得？」

「既然這樣，你不是更應該去看看他嗎？他想要和別人聊一聊。」

「我上次已經聽他聊得很充分了。」

「真的聊得很充分嗎？正因為他覺得不夠充分，才會想要和你見面吧？」

「他誤會了，對我有某些幻想，在我身上尋求這種幻想，我也很傷腦筋。」那由多很煩躁，說話也忍不住大聲起來。

「幻想？什麼幻想？」

「就是……」那由多說到一半住了嘴，搖了搖頭說：「沒事。」

「怎麼了？話只說一半太不上道了。」圓華挑著眉尾。

那由多抓了抓頭，把臉湊到她面前小聲地說：「朝比奈先生以為我能夠瞭解他的心情。」

「心情？」

「有一次，他對我說，工藤，你就是《凍唇》的那個少年吧？我很驚訝，忍不住問他，他怎麼會知道。朝比奈先生說，那部電影引起廣泛討論時，他的眼睛還能夠看到，所以租錄影帶看了那部電影，電影的內容對他造成了很大的衝擊，他說就像一把抓住了他的心。之後他推薦給尾村先生，尾村先生也很喜歡，就去買了ＤＶＤ。所以，尾村先生見到我時，認出我就是演那部電影主角的童星。因為工藤這個姓氏相同，年齡也符合。雖然名字不一樣，但他以為京太是我的藝名，於是就告訴了朝比奈先生。」

「可見你的長相和當時的差異並沒有你想像中那麼大，」圓華冷冷地說，「後來呢？」

「朝比奈先生得知我就是工藤京太後興奮不已，他說能夠見到當時的少年簡直就像在做夢。他用熱切的口吻對我說，他覺得那個少年完美地表達了他們從小就有的煩惱和痛苦，一直希望和那個少年見面，見面之後好好聊一聊。」

「那不是很好嗎？他不是在稱讚你的演技嗎？」

「開什麼玩笑！」那由多用力搖著手，「朝比奈先生認為我就是那部電影的主角，我只是按照導演的要求演戲，什麼都搞不清楚。我也這麼告訴朝比奈先生，但他完全不相信，一直說在那個少年身上感受到某些超越演技的東西，像他們這種邊緣人能夠看出來。老實說，我不太想討論這個話題，所以每次都充耳不聞，隨口敷衍幾句。現在回想起來，可能不應該這麼做，而是應該明確否認。」

圓華用冷漠的眼神看著他。

「你的意思是說，他誤會你和他是同類？」

那由多稍微想了一下後說：「嗯，是啊。」

「即使是這樣，你也未必幫不上忙啊。總之，我們無論如何，都要讓失明的天才作曲家復活，而且這件事需要你的協助。」

那由多目不轉睛地打量圓華的臉。

「讓他復活？要怎麼讓他復活？妳到底想幹什麼？」

「那還用問嗎？當然是查明尾村勇死亡的真相啊。」

6

那由多和圓華一起去朝比奈家時，朝比奈不在客廳。聽接待他們的英里子說，一位交情深厚的音樂製作人來找他，他們正在臥室討論。朝比奈平時都在客廳討論工作，但最近他經常一整天都在臥室。

「製作人委託哥哥為電視的紀錄片創作主題曲，」英里子把茉莉花茶倒進杯子時說，「聽說很久之前就委託哥哥了，但哥哥目前這樣，工作完全沒有進展，但製作人並沒有生氣，而是發揮耐心一直等待，真的很感謝他。」

「我也很期待朝比奈先生下一首創作的樂曲。」

「請你把這句話告訴哥哥，聽你這麼說，哥哥可能會奮發。」

「不，即使我說什麼，也無法發揮任何效果……」

走廊上傳來開門、關門的聲音，還聽到男人告辭的聲音，應該是那個音樂製作人。「我去送他一下。」英里子對那由多和圓華說完，走了出去。

幾句寒暄後，玄關的門關上了。不一會兒，聽到走廊上傳來移動的聲音。那是腳步聲和拐杖的聲音。

朝比奈在英里子的引導下走進客廳。他比上次見面時更瘦，臉色蒼白，臉頰也凹了下去。

那由多從沙發上站了起來，「我來府上叨擾了。」

身旁的圓華也站了起來，向朝比奈鞠了一躬。

朝比奈停下腳步，微微偏著頭，「好像還有另一個人。」

「她是針灸的徒弟，有時候我外出針灸時會帶著她，讓她有機會學習。」那由多向朝比奈說明。因為圓華說，突然提羽原手法的事，只會造成朝比奈的困惑，所以先說是針灸的徒弟比較好。

「午安。」圓華向朝比奈打招呼，朝比奈露出淡淡的笑容。

「這位針灸師的聲音真可愛。年輕女生當針灸師或許比較辛苦，祝妳早日學成，可以獨當一面。」

「謝謝。」

朝比奈再度拄著拐杖移動，確認沙發的位置後坐了下來。

「我猜想八成是英里子勉強拜託你，」朝比奈以正確的角度面對那由多，「即使你說是剛好來附近工作，順便來看我是善意的謊言，我也很高興你來看我。」

「我的確很關心你的近況，不知道你之後的情況如何？」

「都怪我上次和你聊那些無聊的話題。即使你現在聽到我說，出櫃只是自我滿足，也覺得是不足掛齒的煩惱。你一定覺得既然現在還為這些事情煩惱，當初就不應該出櫃。」

「怎麼會無聊呢？我覺得你的煩惱很正常，只是不知道尾村先生的實際想法，所以覺得你最好不要太煩惱。」

朝比奈左右搖晃著腦袋。

「你的意思是說，山姆可能不是自殺嗎？我也希望可以這麼認為，但無論怎麼想，都不可能。我之前不是曾經告訴你嗎？現場偏離了登山路線，不可能因為迷路走去那裡。警方的報告上應該這麼寫，因為伴侶公布是同性戀者，導致遭到社會冷漠的眼光，為此煩惱不已，最後走上絕路的可能性相當高。」

那由多吞了口水後問：「當警方問你是否認為他有自殺的可能時，你這麼回答嗎？」
「對啊，如果我說，我認為他沒有自殺的可能，那就是說謊。」
「但這只是你的想像而已，在瞭解尾村先生真正的想法之前——」
那由多沒有繼續說下去，因為朝比奈舉起右手制止了他。
「工藤，這件事就不要再爭辯了，在我內心，這個問題已經結束了。沒有人知道山姆真正的想法，但我並不是樂天派，能夠把他的想法往對自己有利的方向解釋。山姆自殺了，是我逼他走上絕路。我認為必須在得出這個結論的基礎上，思考之後的事，思考之後該怎麼活下去。當然，必須以還要繼續活下去為前提。」
朝比奈淡淡地說道，那由多不知道該對他說什麼。膚淺的安慰只會讓朝比奈覺得很空虛。
那由多和英里子互看了一眼，她一臉愁容，微微搖了搖頭。她似乎為找不到拯救哥哥的方法感到無力。
「我搞不懂，為什麼會這樣？」圓華打破了凝重的沉默，「你剛才說，因為伴侶公布是同性戀者，導致遭到社會冷漠的眼光，為此煩惱不已，最後走上絕路。如果真的是這樣，把他逼上絕路的並不是你，而是社會啊。」
朝比奈無法聚焦的雙眼看向圓華，他的嘴角露出淡淡的笑容。

「果然很像是年輕人的意見，單純而正確。那我問妳，假設有兩個朋友想要建一棟同住的房子。其中一人希望住在海邊，於是他們就在海邊造了房子。那是一棟兩層樓的房子，希望住在海邊的人住在二樓，另一個人選了一樓。有一天，海嘯來了，住在一樓的人被海水沖走送了命。剩下的另一個人該恨海嘯嗎？不必為當初提出希望住在海邊這件事感到後悔嗎？」

「這個和那個……」

「一樣。」朝比奈立刻說道：「有什麼不同？」

「人類的力量無法阻止海嘯發生，但只要每個人努力理解，就可以預防社會的偏見。」

朝比奈「哼」了一聲。

「又是單純而美好的意見，那我問妳，這個世界上，哪個國家沒有歧視？美國嗎？中國嗎？還是英國？法國？我們日本呢？妳能說沒有歧視嗎？」

圓華沒有回答，她應該無法斷言「是」。

「雖然可以用法律禁止，」朝比奈繼續說：「或許也可以讓每個人口頭宣誓，自己不會歧視他人，但這和那種肉眼看不到的，想要排除邊緣人的力量是兩回事。歧視並非只有惡整或是說壞話這種顯而易見的方式而已，還有難以掌握的、無聲而牢固的歧視。每個人內心對異類的微小嫌惡感，甚至連當事人都沒有察覺的些微不協調聚集在一起，就會成為壓倒性的惡意浪潮向我們襲來。這正是肉眼無法看到的海嘯。我明知道有這種海嘯，卻太大意了，沒有想到山姆會被海嘯吞噬。」

朝比奈重重地嘆息後，小聲地說：「是我殺了他。」

室內的空氣變得很沉重，那由多為了逃避這種窒息感，改變了話題。

「剛才好像有人來找你談工作？聽說要委託你創作電視紀錄片的主題曲？」

那由多盡可能用開朗的聲音問道，但朝比奈並沒有放鬆緊鎖的眉頭。

「我請他別再抱希望了，車輪少了一個，就無法再行駛了。」

「……車輪？」

「我和山姆，就像是車子的兩個輪子。我能夠創作樂曲，是因為有山姆，他刺激我的腦細胞，打開我內心連我自己也不知道的祕密之門。山姆在樂譜上寫下那扇門中湧出的旋律。從這個角度來說，他果然是我的影子寫手。」朝比奈無力地搖了搖頭，繼續說道：「在他死去的同時，作曲家朝比奈一成也死了。」

那由多和圓華逗留了將近一個小時後離開了。英里子和上次一樣，送他們到門口。

「謝謝你特地來看哥哥。」英里子說。

「果然沒有發揮任何作用。」那由多說。

「沒這回事，」英里子搖著手，「哥哥在我面前不會吐露這些心事，我認為哥哥很信任你。聽哥哥說這些煩人的喪氣話，你一定覺得很厭煩，希望你不要被嚇到，下次有時間時，希望你再來看他。拜託你了。」

看到英里子深深鞠躬，那由多感到不知所措。因為他覺得自己根本沒有發揮任何作用。

「那件事呢？」圓華戳了戳那由多的側腹問，他這才想起那件事。

「對了，就是我在電話中也拜託妳的事，不知道能不能讓我們看一下尾村先生的遺物？」

那由多問。

「喔。」英里子從牛仔褲口袋裡拿出鑰匙和折起的紙。「我把公寓的住址寫在紙上了，這是鑰匙。」

「我先收下了。妳說水電仍然可以用，對嗎？」

「沒錯，我每隔兩個星期就會去打開窗戶，讓房間透透氣。」

「連這種事……妳真的太辛苦了，那個房間要一直保留嗎？」

「這就……」英里子偏著頭，「之前聯絡尾村先生老家的人，請他們要搬走時聯絡我們一下。因為只有一把鑰匙，但至今仍然沒有接到他們的聯絡。尾村先生和家人疏遠多年，或許他們也在為到底由誰接手這件事發生爭執。」

「房仲業者沒有說什麼嗎？」

「沒有，因為房租都從哥哥的帳戶自動扣繳。」

「喔……」

之前聽朝比奈說過，他是尾村租公寓時的擔保人。

那由多低頭看著手上的鑰匙。

「妳說只有一把鑰匙，這把鑰匙是尾村先生的嗎？」

「不，是哥哥保管的鑰匙，尾村先生的鑰匙沒找到。」

「不在遺體身上嗎？」

「對，聽警方說，發現遺體時，身上並沒有背包之類的東西。警方說，即使打算自殺，也不可能空著手去登山，所以很可能是墜落時摔破了，然後離開了他的身體。」

「所以，還沒有找到那個背包，鑰匙可能就在背包裡。」

「對。」英甲子點了點頭之後，語帶遲疑地說：「警方還說，也許裡面有遺書。」

「喔，原來是這樣……」

警方的人在說這件事時，朝比奈一定也在場，所以他認為警方也認為是自殺，並非只是他的成見。

那由多再次向英里子道別後，和圓華一起離開了朝比奈家。坐上停在投幣式停車位的車子，看著便條紙，設定了衛星導航系統。他們打算立刻去尾村的租屋處。

「那番說詞很有說服力。」圓華幽幽地說。

「哪番說詞？」

「海嘯的比喻，他這麼一說，我就無法反駁了。」

那由多看著圓華的側臉說：

「真難得啊，妳竟然會說這種話。和對方意見不合時，妳向來不會這麼輕易作罷。」

圓華看著正前方說：「人是原子。」

「啊？什麼圓子？」

「原子怎麼了？」

「原子核的原子，構成物質的基本粒子。」

「曾經有人說，世界並非只靠一部分人在運轉，乍看之下很普通，看起來也沒什麼價值的人才是重要的構成要素。即使每個人毫無自覺地活在世上，當成為集合體時，就會戲劇性地實現物理法則。人是原子──」

圓華說到這裡，轉頭看著那由多。

「聽到這番話時，我覺得這種想法很美。再怎麼平凡的人，只要活在世上，就和社會的潮流休戚相關。但是，聽了朝比奈先生剛才說的話，我的想法稍微改變了。社會並非總是朝向好的方向發展，不自覺的偏見和歧視意識的聚集，也可能導致錯誤的潮流。」

「妳是說，朝比奈先生不應該出櫃嗎？」

圓華輕輕搖了搖頭，「我不知道，所以才要調查啊。」她一對鳳眼注視著那由多。

「那倒是。」

那由多看向前方，發動了引擎。

7

尾村勇的租屋處只有客廳和臥室，也就是所謂的一房一廳。陽台位在南側，只要拉開窗簾，陽光就會從大窗戶照進屋內。姑且不論冬天，盛夏季節應該會很熱。

「要從哪裡開始著手？」圓華巡視室內後，回頭看著那由多問。

「嗯。」那由多也打量著室內。因為英里子定期來這裡的關係，房間整理得很乾淨，而且原本就沒什麼傢俱，所以室內很清爽。聽說尾村大部分工作都在朝比奈家處理，所以除了日用品以外，並不需要其他東西。

除了餐桌、椅子，和放了液晶電視的櫃子以外，就只有書架而已。書架上除了書籍以外，也放了文具等雜貨。

「我負責這個。」那由多站在書架前，「要找什麼東西？」

「當然是能夠瞭解尾村先生最近心境的東西。」圓華回答，「最好能找到日記。」

「原來是這樣，但現在還有人寫日記嗎？」

「所以我只是說最好能找到啊。」圓華說完，走進隔壁的臥室。

那由多從書架的角落開始打量，有音樂相關的書籍。尾村似乎對古典音樂的歷史有興趣，也有許多樂器相關的文獻。

好幾十本資料夾都是他整理的資料，應該是他當兼任講師時使用的教材。打開一看，發現有些地方寫了字，是向學生說明時的方法。尾村不僅對朝比奈充滿奉獻精神，對學生似乎也一樣。

那由多在這些資料旁發現了意外的東西。是寫真集。他抽出來一看，是男演員年輕時代出版的寫真集，確認了版權頁，上面印了二十年前的日期。

還有另外幾本寫真集，是其他男藝人和男歌手，都是相同時期出版的。

那由多完全能夠理解，二十年前，尾村還不到二十歲。這些寫真集上的人，都是尾村當時喜歡的偶像。就像其他青春期的男生會迷女性偶像一樣，尾村也買了這些寫真集，每天都欣賞這些偶像，之後又捨不得丟，所以就留了下來。

有一份像是簡介的東西和那幾本寫真集放在一起。那由多抽出來的瞬間，忍不住一驚。他懷疑自己看錯了。

因為封面上印了一張熟悉的面孔。

那不是別人，正是那由多的臉。是他中學生時清瘦幼稚的臉，旁邊是當時和他一起演電影的演員。

不需要看片名，他就知道是《凍唇》的簡介。

那由多的手指放在邊緣。想要翻開看內容的心情，和不想看的心情各占了一半。他之前當然從來都沒看過。

最後，他沒有翻開，把簡介放回原來的位置，但他不可能不在意，視線無法移開。

這時，他察覺到動靜，一回頭，忍不住嚇了一跳。因為圓華站在那裡。

「妳什麼時候站在那裡？」那由多問。

圓華微微偏著頭說：「差不多五秒前，你有沒有找到什麼？」

「不，沒有發現什麼特別的……妳那裡呢？」

「有一件事讓我有點在意。」圓華轉身走去隔壁臥室。

那由多跟在她身後走了進去，臥室內除了床以外，還有一張辦公桌，上面放了一台筆電，已經打開了。

「很幸運的是，可能是因為一個人住的關係，所以他沒有設定密碼。」圓華的手指在觸控板上滑動時說。

「發現了什麼？電子郵件嗎？」

「我大致瀏覽了電子郵件，都是一些談公事的內容，我想他平時上社群網站或是收發私人訊息，應該都用手機。」

「那妳在意什麼？」

「首先是這個，這是尾村最後使用的應用程式。」

圓華點選了播放和管理聲音檔的軟體。

「用這個軟體最後播放的是這個聲音檔。」

她點選後，筆電喇叭中傳來沙沙的聲音。

「這是什麼聲音？聽起來好像雨聲。」

「是啊，在這個之前播放的是這個。」

接著傳來小鳥的啼叫聲。可以想像一片悠閒宜人的風景。

圓華結束了聲音檔。

「你覺得怎麼樣？其他的聲音檔都是普通的音樂。」

「搞不懂，無論雨聲還是鳥啼聲都不是什麼特別的聲音。」

「還有更讓我在意的事。」

圓華打開了網站瀏覽記錄的軟體，點選了瀏覽器畫面的一部分，顯示了竹由村這個地方的一週天氣預報。

她又操作了觸控板，顯示了瀏覽記錄。

「你看，尾村先生去世的前一天，也曾經造訪這個網站。這裡保存了三個月的瀏覽記錄，他每個星期都會查一次那裡的天氣。」

「為什麼？而且竹由村是什麼地方？」

圓華不發一語，俐落地操作觸控板和鍵盤，不一會兒，螢幕上就出現了地圖，那由多看到了「竹由村」幾個字。

「這裡。」圓華指著畫面的一部分，那由多看到那裡寫的字，忍不住倒吸了一口氣。因為上面寫著「銀貂山」。

「就是尾村先生不幸身亡的那座山……」

「你不覺得很奇怪嗎？即使他想要自殺，為什麼關心天氣？而且每個星期都在查天氣。」

「雖然那座山並不算太高，但在登山前，還是會事先查天氣情況……」

「如果想死的話，根本沒這個必要吧？」圓華直視著他問，「不管是有暴風雨，還是下刀子，都沒有關係啊。」
「妳說的當然也沒錯，但我們不瞭解自殺者的心理，也許想要看了最棒的風景後再死。如果在找這樣的時機，每個星期都查天氣預報似乎也很合理。」
圓華聽了那由多的話，想了一下後，緩緩點了點頭。
「原來如此，原來在找時機。嗯，有這種可能。」
「妳難得同意我的意見。」
「只是不知道他在找什麼時機，未必是自殺的時機，所以有必要查清楚。」
「怎麼查？」
那由多問，圓華露出納悶的眼神，偏著頭回答說：「這不需要問吧？」
就在這時，對講機的鈴聲響了。
「沒想到這麼快。」圓華說完，走出臥室。
「妳找了誰來這裡？」那由多對著她的背影問。他想起來這裡時，圓華曾經在車上滑手機。
圓華沒有回答他的問題，拿起裝在客廳牆上的對講機說：「門沒鎖，妳進來吧。」
不一會兒，就傳來玄關的門打開的聲音。一個女人的聲音說：「打擾了。」
走進屋內的是桐宮女士。這是那由多今天第二次見到她。剛才去朝比奈家之前，她送圓華到約定的地點。當時，那個叫武尾的男人也在。

「怎麼樣？」圓華問她。

「該問的人都問了。」桐宮女士從皮包裡拿出記事本，「我可以坐下嗎？剛才四處打聽，腿都快斷了。」說完，她在餐桌旁的椅子上坐了下來。

「四處打聽？」那由多看了看圓華，又看著桐宮女士的臉。

「我請桐宮小姐去尾村先生擔任兼任講師的大學。」圓華坐在椅子上回答，「去調查學校對尾村先生的評價。」

「什麼評價？」

「我想確認在朝比奈先生出櫃之後，有多少人知道尾村先生是同性戀者。假設很多人都知道，周圍人對這件事是怎樣的態度。借用朝比奈先生的話來說，就是瞭解肉眼看不到的海嘯是否存在。」

「海嘯是什麼？」桐宮女士訝異地皺起眉頭。

圓華告訴她，朝比奈把周遭的人對邊緣人的惡意比喻成海嘯。

桐宮女士點了點頭，打開了記事本。

「他的洞察很深入，那我就借用他的比喻，先說結論，並不是完全沒有這種惡意的海浪。」

「大家用充滿偏見的目光看尾村先生嗎？」

「我找到四個選修尾村先生那堂課的學生，他們都知道他是作曲家朝比奈一成的情人。雖然無法得知消息來源，但應該是在社群網站上散布的。這件事當然在學生之間引起了討論，網路上好像也曾經針對這件事，有一些充滿惡意的留言，只是不知道尾村先生有沒有看到。」

「學校方面的態度呢？」圓華問。

「根據我的調查，無法確認在朝比奈先生出櫃前後，對尾村先生的待遇有什麼變化，並沒有學生拒絕上尾村先生的課，所以校方也沒有視為問題。總之，無論學生和校方最近都沒有提起這件事，即使真的有惡意的海浪，也難以瞭解是否達到可以稱為海嘯的程度。當然，有些事只有當事人才知道，所以無法排除他在檯面下深受折磨的可能性。我調查到的情況就是這樣。」桐宮女士說完，闔起了記事本。

「今天一天，妳調查到這麼多情況嗎？太厲害了。」那由多露出佩服的眼神。

桐宮女士面無表情地聳了聳肩說：「謝謝。」

「她有十張各種不同頭銜的名片。」圓華說，「她是懂得利用這些名片，搜刮各種資訊的高手。」

「我幫妳的忙，妳竟然這麼說我。」

「我是在稱讚妳。對了，我最近要出遠門，妳要準備一下。」

「出遠門？去哪裡？」

圓華從肩背包裡拿出手機，俐落地操作後，立刻找出了目的地的圖片。她放在桌上說：

「就是這裡。」

手機螢幕上出現了剛才的地圖——顯示銀貂山位置的地圖。

8

上午九點多，從登山口出發，原本計畫一路爬到墜落現場，確認狀況後立刻下山，但那由多還是不由地不安。因為他不知道圓華的腿力能撐多久，而且也無法保證不會迷路。雖然據說這座山連初次攀登的人也沒問題，但技術差異還是會造成影響。

然而，看到圓華出現在集合地點時，忍不住對她刮目相看。因為她的登山裝備很齊全。嶄新的登山服應該是新買的，背上的背包和登山鞋也明顯是新的，頭上的安全頭盔也發出光澤。

和她同行的武尾乍看之下，完全就是登山家。他的服裝和裝備也全都是新品，光是站在那裡，就很有登山家的架勢，並不光是因為體格很好的關係。

雖然之前曾經見過好幾次，但圓華第一次正式介紹他。原來他叫武尾徹。那由多得知「武尾」原來是姓氏，不禁有點意外。

那由多問他是否有登山經驗，他謙虛地小聲回答說：「有一點，因為以前曾經負責戒護一位喜愛登山的人士。」

那由多猜想，武尾是職業特勤保全，也就是所謂的保鑣。圓華這麼重要，需要由保鑣來保護嗎？

「雖然現在問這個問題很奇怪，你登山沒問題吧？」圓華問那由多。

「我偶爾會去登山。」

圓華心滿意足地點了點頭說：「我就知道。」

「為什麼？」

「因為第一次在筒井老師的研究室見到你時，你穿了一件登山夾克，而且是很正統的登山夾克。我覺得很少有人只是為了防寒買那種衣服。」

那由多大吃一驚。聽她這麼一說，他想起當時可能穿了那件衣服。那是他為了冬天登山而買的衣服，但並沒有穿那件衣服去登山過。他不禁為圓華敏銳的觀察力和超強的記憶力欽佩不已。

桐宮女士沒有同行，只是把圓華和武尾送到登山口而已，但她準備了寶貴的資料。那就是標示了尾村勇墜落地點的地圖，以及沿途的主要記號。據說她在向當地警方提出登山計畫時，謊稱要向死去的尾村勇獻花，順便拿了這些資料。警方人員叮嚀：「請登山者務必不要靠近懸崖。」

登山路線有很多陡坡，但路面都比較寬，所以很好走。每到岔路，都會有標示，難怪初次登山的人也沒有問題。

走了一個小時左右，有一座老舊的土地公祠宇，他們決定在旁邊休息。那由多和圓華並排坐在橫在地上的粗大圓木上，武尾站在旁邊，眺望遠方。

「啊，累死了，現在走到哪裡了？」圓華拿著水壺問武尾。

武尾拿出地圖，攤在她面前。

「這個祠宇就是這裡。」他指著地圖上的一點說。

圓華皺著眉頭，「才到這裡而已？還有一大半啊。」

「這只是直線距離，實際上恐怕還要走相當於剛才兩倍的路。」

「真的假的？難以理解為什麼有人喜歡登山。」圓華喝著水壺裡的水，突然露出好像發現了什麼的表情，向武尾說：「給我看一下。」她似乎在說地圖。

圓華接過地圖後，目不轉睛地盯著看，眨不停的雙眼露出嚴肅的眼神。

「為什麼要——」

那由多正想問她，她嚴厲地制止說：「不要跟我說話。」

過了一會兒，圓華說了聲：「謝謝。」把地圖交還給武尾，然後看著那由多問：「對不起，你剛才想問什麼？」

「沒有啦……我原本想問，地圖怎麼了？」

「我關心的不是地圖，而是這裡的地形。這裡的地形導致某些風向可能會產生奇怪的氣流。」

「怎樣奇怪？」

「當然要看地點，風可能會從上往下吹，也可能由下往上吹，要看當時的氣象條件。」

「今天呢？」

「可能性很高，尤其是今天下午。」圓華說完，抬頭看著天空，「也許尾村先生就在找會發生這種狀況的時機。」

「時機？」

「他的瀏覽記錄上不是有這裡的天氣預報嗎？雖然不知道原因，但尾村先生很關心天氣，所以我也選擇和尾村先生登山的日子氣壓很相近的日子來這裡。」

「就是今天嗎？」

「對。」圓華點了點頭。

「尾村先生在等妳剛才說的，會吹奇怪的風的時機嗎？」

「我只是這麼猜想，但並沒有把握。」圓華看了一眼手錶後站了起來，「坐太久就會不想繼續走了，加油吧。」

那由多也站了起來，跟在開始上山的圓華身後。她的腳步很有力，似乎展現了無論如何都要查明尾村死因的意志。

「妳還真為父親著想啊。」那由多走在圓華身旁時說。

「為什麼？」

「因為這一切都是為了羽原博士。因為博士想要採訪朝比奈先生，所以妳在幫他，不是嗎？」

「沒錯。」

「既然這樣，不就是為父親著想嗎？兒女通常對父親的工作沒有興趣，覺得只要有一定程度的收入就好。而且羽原博士已經是成功人士，他繼續追求更高的目標當然也很出色，只是我很難想像他的女兒也願意助一臂之力。」

圓華突然停下了腳步。那由多轉頭看她，發現她肩膀用力起伏，似乎在調整呼吸，但用冷酷的眼神看著他。

「你也許是在稱讚我，但因為很多地方不符事實，所以恕我澄清。首先，我的確很尊敬我爸爸，也很愛他，如果有我力所能及的事，我也願意幫他。但在羽原手法這件事上，並不是基於這種半吊子的想法。羽原手法足以影響人類的未來，有很多不解之謎，就連我爸爸也覺得或許是人類還不該踏入的領域，所以，只要有少許有助於解開不解之謎的啟示，當然要用盡一切方法得到。不光是我爸爸，我也這麼認為，因此必須讓朝比奈先生振作起來。」

「朝比奈先生不是已經創作了很多樂曲嗎？分析那些樂曲不行嗎？」那出多說。

圓華做出投降的姿勢，連連搖頭，似乎覺得他搞不清楚狀況。

「我爸爸想要知道的是他為什麼會創作那種樂曲，想要瞭解過程。雖然我說是採訪，但並不是提問後請他回答而已，我爸爸要調查朝比奈先生在作曲時，如何使用了大腦的哪個部分，這是比你想的更加根源性的問題，瞭解嗎？」

那由多被她的語氣震懾，身體微微向後仰，點了點頭。

「我知道妳不止是孝順而已，也知道讓朝比奈先生重新站起來有多重要。」

「那就夠了。走吧。」圓華再度邁開步伐。

之後沿途高低起伏不斷，有走起來很輕鬆的平坦山路，也有必須幾乎用爬的陡坡。幸好有武尾，為那由多壯了膽。他隨時跟在圓華身後，只要遇到她稍微感到吃力的地方，就立刻默默伸出手。

當他們走在一片櫸樹林中時，武尾在身後說：「前面就是姬岩。」走在最前面的那由多停下腳步，回頭看著他。

武尾拿著地圖和照片走了過來。

「繼續往前走，就到姬岩了。經過姬岩的左側，沿著山脊繼續爬上走，就可以到山頂，但尾村先生墜落的地方應該在還沒到姬岩之前就往右走。」

姬岩是穿越櫸樹林前的那片岩石區，聽說附近有熱門的景觀。尾村是在那裡走向和山頂不同的方向。

「快到了。」圓華說：「那就快走吧。」

她毫不猶豫地邁開步伐，那由多和武尾慌忙跟了上去。

穿越櫸樹林，視野突然開闊起來，山脊勾勒出緩和的曲線向山頂延伸。旁邊豎著一塊小型標示牌，繼續往左走，就可以到姬岩。

「所以尾村先生是從這裡往右走。」那由多小聲嘀咕。

「我先去看看。」武尾率先邁開了步伐。

前方的地面都是岩石，是緩和的下坡道，沿著前進方向的右側微微向下傾斜，右側是懸崖，左側是山壁。

武尾停下腳步，轉過頭說：「就到這裡為止。」

那由多走到他身後。目前所站的位置大約兩公尺寬，前方越來越狹窄。

武尾從口袋中拿出照片。

「沒錯，就是這裡，應該就是從這個懸崖墜落的。」

「如果下雨導致地上濕滑就很可怕。」

那由多稍微走上前，正準備探頭向懸崖下方張望時。

「退後。」圓華在後方說：「趕快回來，趕快！」

「啊？」正當那由多回頭時，隨著「呼咻」一聲，吹來一陣暖風，而且從斜上方吹來。瞬間颳起的強風推著那由多後背，他差一點重心不穩。

正當他心想不妙時，右手臂被用力一拉。當他回過神時，發現自己已經趴在地上。武尾抓住了他的手臂。

「剛才、是怎麼回事……？」他渾身都起了雞皮疙瘩，冷汗也噴了出來。

「風在旋轉。」圓華指著懸崖對面。那裡是一座有點高度的山，滿山都是紅葉。「當對面那些樹木向右搖晃時，差不多十秒之後，這裡就會吹由上往下的風。如果向左搖晃，情況就相反。啊，又來了。」

幾秒鐘後，再度響起「呼咻」的聲音，風從斜上方吹了下來。風力雖然沒有剛才那麼強，但那由多還是不敢站起來，只能爬著回去。

「別擔心，暫時不會有風了。」
聽到圓華這麼說，那由多才站了起來，「差一點……」
「我想的沒錯，這裡是最容易產生複雜氣流的地方。如果站在懸崖邊，像剛才那樣突然吹來一陣風，也許真的會墜落懸崖。」
「不知道警方知不知道這件事。」
「八成不知道，如果他們知道，一定會叮嚀桐宮小姐要多注意風。風會隨著季節和當時的氣壓狀況發生不同的變化。」
「尾村先生也是因為風的關係，才會墜落懸崖嗎？」
「有可能，但是——」圓華偏著頭，「如果是這樣，尾村先生為什麼要確認天氣預報？他不知道有這種奇怪的風嗎？」
「對喔……」
正當那由多小聲嘀咕時，圓華「啊！」地叫了一聲，「相反方向的風來了。」
「相反？」
那由多發問後，立刻有風從懸崖下方吹了上來，同時，不知道哪裡傳來了「咕嗡咕嗡」的聲音。那由多和圓華互看了一眼。
「剛才的是什麼聲音？」

「不知道。」圓華搖了搖頭。

武尾指著懸崖前端說：「應該是那裡的懸崖下方傳來的。」

「懸崖下方？為什麼？」

圓華準備走過去察看，武尾抓住她的肩膀問：「妳想幹什麼？」

「那還用問嗎？當然是去看看下面的狀況啊。」

「太危險了。」

「我會小心，別擔心。」

「不行。妳等一下。」

武尾從自己的背包裡拿出登山繩，繞在圓華身上。

「這是什麼？我又不是耍猴戲的猴子！」

「萬一妳發生什麼意外，我就會失業。」武尾把登山繩的另一端綁在自己身上後蹲了下來，「現在可以了。」

圓華不滿地嘀咕著，走向懸崖前端很狹窄的地方。她的腳步很輕快，完全不怕走在高處。

來到懸崖的前端，圓華探頭向下方張望。她幾乎已經站在懸崖邊緣，看在一旁也忍不住提心吊膽。

「你要抓緊喔。」她轉頭對武尾說完，當場蹲了下來，向空中探出身體。
「哇，根本是亂來……」武尾慌忙拉緊登山繩，綁住他們兩個人的登山繩拉成了一直線。
風又吹了過來，再度傳來和剛才相同的「咕嗡嗡嗡」聲音。既像是地鳴，又像是巨大野獸的咆哮聲。那由多看向圓華，發現她看著下方，微微點了點頭。
那由多很好奇到底發生了什麼事，戰戰兢兢地走過去。武尾對他說了聲：「小心點。」但說話的語氣很冷靜，因為即使那由多發生什麼意外，他也不必擔心失業的問題。
那由多彎下身體，小心翼翼地走上前。必須小心突然有風從上方吹下來。
他很快走到圓華身後問：「有什麼狀況？怎麼回事？」
「你探頭看一下。」她注視著下方說。
那由多趴在地上，緩緩向前移動，很快就看到很深的山谷，但立刻被這片岩壁的險峻嚇得倒吸一口氣。從下方看上來，會覺得這片岩壁向外側傾斜。
「從這裡掉下去，真的就一命嗚呼了。」
「你仔細看岩壁中間的部分，不是有好幾個很大的凹洞嗎？」
「啊，真的有欸。」
圓華說的沒錯，岩壁上有好幾個巨大的凹洞。

「以我的想像，這幾個凹洞的深度都超過五公尺，有這麼多凹洞……啊！」

她說到這裡時，突然住了嘴。下面再度吹來強風。

咕嗡嗡嗡、咕嗡、咕嗡、咕嗡——谷底迴響著比剛才更巨大的聲響。那是沉著而莊嚴，樸實又原始的聲音。

「不需要我解釋了吧。」聲音平息後，圓華說，「下面吹來的風經過那些凹洞時，變成更複雜的氣流，就會發出剛才的聲音。這片岩壁是巨大的樂器，我們正站在樂器的正上方。」

那由多恍然大悟。

「尾村先生來這裡該不會是為了聽這個聲音？」

「我們再去尾村先生家，」圓華說：「我要先確認一件事。」

9

在攀登銀貂山剛好一個星期後，那由多再度帶著圓華去見朝比奈。英里子這天也在，所以就請她一起瞭解情況。

「朝比奈先生，我今天來這裡，是因為有東西想要讓你聽一下。」
朝比奈聽到那由多這麼說，微微揚起下巴。
「真難得啊，是誰的樂曲嗎？」
「不是樂曲，是聲音。可以借用一下音響嗎？」
「可以啊，你知道怎麼用吧？」
「應該知道。」
那由多從皮包裡拿出平板電腦，走向音響。他知道這裡的音樂設備可以連結手機和平板電腦。
他打開電源，用傳輸線把音響和平板電腦連結起來。
「現在開始播放。」說完，他碰觸了平板電腦。
不一會兒，喇叭中傳來尾村筆電中的沙沙聲音。
朝比奈露出訝異的表情。
「聽起來像是雨聲，這個聲音有什麼問題嗎？」說完之後，他又偏著頭說：「不對，不太一樣，不是雨聲，到底是什麼聲音？」
「太厲害了。我以為是雨聲，原來你可以聽出不是雨聲。沒錯，這並不是雨聲，請專業機構分析後發現，完全是不同的聲音。」

那由多說的專業機構，是開明大學附近的數理學研究所，那裡專門進行數學和物理相關的各種研究。圓華說，她有人脈，可以送去那個機構分析。那由多每次都覺得她的背景充滿了神祕的色彩。

朝比奈靜靜聽了一會兒，終於搖了搖頭。

「不知道，我沒聽過，是什麼聲音？」

「這是竹林。」那由多回答，「正確地說，是穿過竹林的風聲。」

「原來是竹林……」朝比奈抱起雙臂，再度做出洗耳恭聽的架勢，然後緩緩點了好幾次頭。「原來如此。我只有小時候在某個鄉下地方看過竹林，所以無法順利想像，原來每一根竹子搖晃的聲音結合起來，聽起來就是這種感覺。嗯，很棒的聲音。謝謝你帶了這麼棒的聲音給我聽，整個心靈都好像得到了洗滌。」

「其實還有其他聲音。」

那由多操作平板電腦，關掉竹林的聲音後，又選擇了其他的音源。

「接下來是這個。」

喇叭中傳來鳥啼聲。和竹林的聲音一樣，都是尾村筆電中的聲音檔。

「是鳥叫的聲音，」朝比奈說，「雖然不知道是什麼鳥，但聲音很好聽。這個聲音也讓人感到心情平靜。原來你今天為我帶來『聲音』的禮物。」

「沒錯，但蒐集這些聲音的並不是我，這是尾村先生的電腦中留下的聲音檔。」

「山姆的……」朝比奈的表情帶著憂愁。

「而且，這些聲音並不只是為了達到療癒效果，這個鳥啼聲也一樣。再等一下，就可以聽到其他聲音。」

鳥在繼續啼叫，不一會兒，傳來幾乎淹沒鳥叫的聲音。那是咻～咻的強風聲音。沙哇沙哇沙哇的聲音應該是草木在搖動。

「這應該是在某個平原錄音的聲音，和剛才的竹林一樣，尾村先生想要錄的應該不是鳥啼聲，而是風聲。」

「風……」朝比奈皺起眉頭，「為什麼要錄風的聲音？」

「還有另一個聲音想讓你聽一下。」

那由多操作了平板電腦，立刻聽到了聲音。

咕嗡嗡嗡、咕嗡、咕嗡、咕嗡嗡——就是那個聲音，在銀貂山的岩壁響起的巨大聲響。

「這是什麼聲音？」朝比奈露出嚴厲的神情，「這也是風聲嗎？」

「沒錯，這是銀貂山的風聲。」

「銀貂山。」朝比奈嘀咕了一聲，但他的聲音被喇叭中傳出的聲音淹沒了。

那由多關掉了音響，拆下了平板電腦。

「我上週去了銀貂山，察看了尾村先生墜落的現場。」

那由多告訴朝比奈，那裡的懸崖很狹窄，地形複雜，會破壞氣流，而且會吹起強風，強風造成了剛才的聲響。

「原來那種地方有這樣的聲音……」朝比奈緩緩搖了搖頭，「大自然的力量真是太驚人了。」

「沒錯，就是大自然的力量。這就是重點。」那由多回到朝比奈面前，「你不是接受委託，要為電視的記錄片創作主題曲嗎？我透過英里子小姐，向音樂製作人詢問了詳細的委託內容。那個節目的名稱就是『生生不息的地球』，節目的內容是報導地球上各種地方的大自然驚人力量。音樂製作人提出的要求是，希望你創作能夠感受到大地母親呼吸的樂曲，希望樂曲的名字是『大地的呼吸』——是不是這樣？」

朝比奈輕輕點了一下頭，「對，沒錯。」

「尾村先生也知道委託的內容吧？」

「對，他知道。因為在開會討論時，山姆也在場。一直以來都是這樣。」

「請問你聽了委託內容後，有什麼想法？」

朝比奈抱著雙臂，發出了低吟。

「我覺得對方的要求很難，大自然是我最不擅長的領域，尤其無法想像大地到底有多遼闊。因為我很年輕的時候視野就開始縮小，所以沒有看過廣闊風景的記憶，即使努力想像，也遠離現實。」

「你有沒有和尾村先生談過內心的這些煩惱？」

「當然有啊，因為山姆是我唯一可以討論的人——」

朝比奈說到這裡，突然恍然大悟地住了嘴，他的臉頰漸漸僵硬。

「你怎麼了？」

「剛才的三個聲音……可以再讓我聽一次嗎？」

那由多和身旁的圓華互看了一眼，不約而同地點了點頭。

「可以啊。」那由多拿著平板電腦站了起來，和剛才一樣，連在音響設備上。

他依次播放了竹林、平原和銀貂山的風聲，朝比奈好像凍結般一動也不動地豎耳細聽。聲音消失後，他仍然坐著不動。那由多靜靜等待他開口。

「他……」朝比奈的嘴唇終於動了，「他……山姆……想要解決我的煩惱嗎？所以為了能夠讓無法感受到大地呼吸的我順利想像大自然的驚奇，錄下了這些聲音。」

那由多重重地吐了一口氣。

「這是唯一的可能。」他說話時很用力，「吹動竹林的風，穿越平原的風，以及從岩壁下方吹上來的風。尾村先生努力蒐集這些聲音，蒐集大地的各種呼吸聲。他一定認為你聽到這些聲音後，或許可以抓到某些靈感。」

「山姆……他不是自殺嗎？」

「不是，有根據可以證明。」那由多再次播放了銀貂山的轟隆聲響。「其實這個聲音並不是我們錄的，而是用了幾個關鍵字，在網路上找到後下載的。一位登山愛好者上傳了這個聲音檔，看了他寫的文字後，我忍不住大吃一驚。因為他形容這個聲音『宛如大地的呼吸』。除此以外，還發現另一件值得驚訝的事，他說最近有人詢問他可以聽到這種聲音的氣象條件和詳細地點，那個人的暱稱是『山姆』，我認為應該就是尾村先生。」

「山姆……」

「根據我的推理，尾村先生正在尋找可以想像『大地呼吸』的聲音，在錄了吹過竹林的風，和穿越平原的風之後，還想要錄其他的聲音。他上網查了『大地的呼吸』後，發現了銀貂山的巨大風聲。尾村先生聽了之後，打算親自去那裡錄音。但是那個地方很危險，強風會突然從意想不到的方向吹來。我相信尾村先生為了錄到更清晰的聲音，太靠近懸崖前端了，結果背後吹來一陣風，他就墜落了——這是唯一的可能。目前仍然沒有找到尾村先生的行李，但我猜想錄音器材一定掉在某個地方，那些器材錄下了『大地的呼吸』。」

那由多無法克制自己的語氣變得興奮，即使在說話的同時，他仍然對這些內容感到驚訝。

「最後還有一件最重要的事。」那由多說：「暱稱叫『山姆』的人在發問時，最後說了這句話，他想讓心愛的人聽到這個聲音。」

朝比奈原本僵硬的臉突然皺了起來，他緊閉雙唇，但無法克制的嗚咽從他嘴唇的縫隙中滲了出來。

「啊，我竟然完全誤會了，我還以為山姆背叛了我，拋下我，逃離了這個世界。我真是太愚蠢了，我真是太笨了。」

朝比奈雙手抱著頭，露出痛苦的表情。淚水從他的眼中流了下來，發出「嗚噢噢噢噢、嗚噢噢」好像吠叫般的哭聲。

那由多被他的樣子震懾，說不出一句話。他以前從來沒有看過一個大男人不顧他人眼光，在別人面前放聲大哭。

朝比奈哭喊了一陣子後，低著頭，一動也不動。那由多仍然不知道該說什麼，圓華和英里子也都沒有說話。

朝比奈終於抬起頭，他的表情很平靜，嘴角露出淡淡的笑容。

「工藤，」他叫了一聲，「你果然和我想的一樣，你真正理解我們，也是我們的救世主。」

「不，哪有……」

「謝謝你。」朝比奈向他伸出右手。

那由多深呼吸後，握住了他的手。

10

那由多和圓華離開朝比奈家時，英里子像往常一樣送他們到門口，她當然也表達了感謝。

回到車上，坐在駕駛座上，那由多忍不住哼著歌。他哼的是朝比奈作曲的〈My love〉的旋律。

「你好像心情很好。」身旁的圓華說。

「那當然啊，一切都很順利，已經好久沒有這麼暢快了。朝比奈先生剛才的身影打動了我，我真的超感動。」

「真的嗎？」

「對啊。」那由多回答後，轉頭看著副駕駛座，發現圓華露出懷疑的眼神看著他。

「你真的很感動嗎？」她又問了一次。

那由多皺著眉頭。

「真的啊，我為什麼要說謊？還是妳無動於衷？」

「不，沒這回事，我一直都很感動，從知道尾村先生為什麼去銀貂山之後，就一直很感動。」

「我也一樣，我們當初在推理的時候，我不是就說過嗎？尾村先生為了朝比奈先生，一個人去那麼危險的地方錄音實在太厲害了。而且我說了好幾次，妳忘記了嗎？」

「我沒忘記。你的確說他很厲害。」

「對嘛。」

「但你也只說他很厲害而已。」

那由多的身體轉向她的方向，「妳到底想說什麼？有話就說清楚。」

圓華垂下雙眼，似乎思考了一下，然後再度注視著那由多說：

「你並不是感動，而是很驚訝，而且感到很佩服吧？」

「啊？」圓華問了一個意想不到的問題，那由多感到有點不知所措。

「我在問你，你面對自己無法理解的心理，只是感到驚訝而已吧？」

那由多搖了搖頭說：「沒這回事。」

「既然你說很感動，那你說說，是對什麼產生了感動？」

「對什麼感動，當然就是尾村先生對朝比奈先生的……該怎麼說，他們的心心相印，或者說感情吧。」
「心心相印、感情。」圓華重複了他說的話，「還有呢？」
「還有？」
「為什麼？」她偏著頭，「你為什麼不說是愛？」
那由多忍不住一驚，一陣刺痛掠過內心深處。
「不，那個……妳說為什麼，其實也沒有特別的理由。」
「那不是愛嗎？你不願意承認那是愛嗎？」
「沒這回事，我認為那也是愛。所以……我對他們的愛很感動。這麼說也沒問題。」那由多對自己說話結結巴巴感到煩躁，忍不住大聲地說：「妳是怎麼回事？措詞根本不重要，要怎麼說，是我的自由。」
「不，很重要。」圓華說話的語氣很平靜，和那由多呈現明顯的對比，「如果這一點不說清楚，這麼辛苦就白費了，解開尾村先生的死亡之謎也失去了意義。」
「啊？」那由多張大了嘴，「妳調查尾村先生的死因，不是為了妳的父親，為了羽原博士的研究嗎？讓朝比奈先生重新振作，是為了調查他在作曲時的大腦情況——」
圓華在中途開始搖頭，他沒有繼續說下去。
「難道不是嗎？」

「對不起，不是那樣，那是我騙你的。」

「騙我的？」

「說朝比奈先生的樂曲對羽原手法特別有效是騙你的，是我編出來的。」

「妳說什麼？喂，這到底是怎麼回事？」那由多抓著圓華的肩膀，「妳騙了我嗎？有什麼目的？」

「這是有原因的。」

「什麼原因？」那由多搖晃著她的身體。

圓華皺著眉頭說：「好痛，放開我。」

「妳給我說實話，給我說清楚。」

「我會說，我會說啦——」

駕駛座旁的門突然打開了，那由多大吃一驚，正想回頭看時，手臂和肩膀被人一把抓住。他感覺到一股巨大的力量在拉扯自己，隨即整個人被拖到車外。他完全不知道發生了什麼狀況。

有人站在他身旁。是身穿西裝的武尾。

「住手，我沒事。」圓華說：「你回去車上。」

武尾默默點了點頭，立刻坐上了停在一旁的轎車。桐宮女士坐在駕駛座上。

「他們什麼時候……」那由多坐在地上嘀咕。
「我不是說了嗎？我隨時都在他們的視線範圍內。」
「妳……到底是誰？」
「比起這個，你不是還有其他事想問嗎？」
「沒錯。」那由多站了起來，拍了拍屁股，「妳為什麼要說謊？還騙我說是為了研究。」
「因為我覺得如果我不這樣說，你就不願意配合。如果你知道我真正的目的，一定會反彈。」
「我會反彈？妳的真正目的是什麼？」
圓華舔了舔嘴唇後開了口。
「讓工藤那由多變回工藤京太，這就是我最初的目的。」

11

圓華說要換個地方，他們去了附近的公園。這個公園內沒什麼遊樂設施，感覺很冷清。公園內沒有小孩的身影，應該不光是非假日的關係。沙坑附近有長椅，他們一起坐了下來。

「我看《凍唇》時，感到很震撼。」圓華說了起來，「正如評論家大肆稱讚的那樣，我認為這部出色的電影探討了人類的本質。用驚人的耽美影像刻劃了一群認為追求快樂無關年齡、性別和身分地位，只追求巨大的快樂和愛情的人。但是，過了一陣子之後，我開始在意一件事，我開始在意主角。不，不對，我不是在意主角，而是在意飾演主角的少年——那個名叫工藤京太的童星。我整天在想，他是帶著怎樣的心情在演這齣戲，他在演這個角色時，內心被怎樣的想法支配。這些疑問在內心漸漸膨脹。因為那個角色沉溺性愛，最後甚至成為同性戀。通常不是會認為，十三歲的少年演這樣的角色難度太高了嗎？」

「我當時什麼也沒想。」那由多說：「我腦袋一片空白，只是按照導演的指示表演、說台詞，內心完全沒有任何想法。」

「但是，在演那部電影之後，在你內心留下了某些東西吧。」

「沒有。」那由多不加思索地回答，「什麼都沒有留下。」

「是嗎？既然這樣，你為什麼不願回想？」

「呃……」

「當我向你打聽甘粕才生時，你不是說，你不願回想那部電影的事嗎？如果什麼都沒有留下，應該不會有這種想法。」

那由多低吟了一聲，他著急地想要反駁，卻想不到要怎麼說。

「聽到你那句話時，我不由地想，啊，原來這個人也是犧牲品。」

「犧牲品？」

「甘粕電影的犧牲品。」圓華說：「甘粕才生雖然是天才，但大家都知道他對演員用過即丟，為了作品，可以滿不在乎地犧牲演員的將來，也根本不在意會毀了演員的人生，所以我覺得你可能也一樣。」

那由多瞪著圓華，「我的人生並沒有被摧毀。」

「嗯，你的人生很出色，這一點我承認，但你內心的疙瘩並沒有消除，所以才會拒絕朝比奈先生。」

「拒絕？」那由多忍不住尖聲反問，「我什麼時候拒絕他？」

「他信任你，想要依賴你時，你不是逃避了嗎？說他太高估你了，如果是平常的你，一定會設法伸出援手，不是嗎？」

「平常的我？」那由多冷笑一聲，「別說得好聽，妳瞭解我什麼？」

「我自認對你有一定程度的瞭解，因為我們認識也很久了，而且我也發現了你對朝比奈先生他們的偏見。」

「妳說什麼！」那由多的聲音中帶著怒氣，「妳再說一次看看！」

「要說多少次都可以，你對朝比奈先生他們有偏見，說得更清楚些，就是嫌惡，你憎恨同性戀者。」

「沒這回事。」

「既然這樣，為什麼你那麼討厭他把你當成同類？如果沒有偏見，這種誤會根本無所謂。」

那由多無言以對，咬著嘴唇。

圓華說對了。他的確排斥朝比奈和尾村的關係，也無法否認當他們知道那由多是《凍唇》的少年後，表現出比之前更親切的態度時，讓他感到不悅。

「怎麼樣？」圓華問。

那由多調整呼吸後，看著她的眼睛說：

「即使是這樣，那又怎麼樣？要告我侵犯人權嗎？每個人內心都有扭曲的部分，妳也不是十全十美。」

圓華眨了幾次眼睛，注視著那由多後，吐了一口氣，「……太好了。」

「啊？」

「你承認自己內心有扭曲的部分，那就太好了，也許前進了一步，這樣就有臉見那個人了。」

「有臉見那個人？什麼意思？」

「因為那個人的心願，就是希望可以拯救你。」

「那個人是誰？」

「我正在找的人，我之前不是向你提過嗎？那個人比我更擔心飾演《凍唇》主角的那個童星的未來，擔心他的內心留下了創傷。那個人說，如果那些創傷還沒有癒合，就必須伸出援手。無論他迷失在哪一條路上，都要協助他回到正途。」

「我並沒有……」

他原本想說「我並沒有迷失」，但被圓華注視的眼神震懾，什麼話都說不出來。

「所以，」圓華繼續說了下去，「得知朝比奈先生的事時，我就決定和你一起調查尾村先生去世的真相。雖然我沒有自信一定可以查出真相，而且查到最後，可能會發現他果然是自殺，不過，這並不重要，重要的是，你能不能稍微體會朝比奈先生他們的心情。但是，聽你剛才這麼說，我稍微鬆了一口氣。因為如果是之前的你，應該不會承認對朝比奈先生他們有偏見。」

那由多摸著額頭。他內心一片混亂，就像是一直埋藏在內心深處不願面對的黑暗，突然被攤在陽光下。

圓華沉默不語。她似乎理解了他的混亂，等待他的混亂平靜下來。

「的確，」那由多深呼吸後，小聲地說：「剛才看到朝比奈先生哭的時候，我的心情很複雜，覺得好像碰觸到自己一直躲避的世界。雖然當時我不太瞭解那是怎麼回事，但現在清楚知道了。」他放下摸著額頭的手，注視著圓華的臉繼續說道：「那是愛，我應該碰觸到他們的愛。」

「既然你已經發現，就代表已經沒問題了。」圓華打開放在旁邊的皮包，從裡面拿出一個扁平的四方形盒子，「這個給你。」

那是DVD，《凍唇》兩個字很顯眼。

「我不會詳細詢問那部電影在你內心深處留下什麼嚴重的創傷，但是，我希望你有機會可以看一看。不能因為痛苦，就不願面對過去。」

那由多不發一語地接了過來。

「我之前也說過，你的演技很出色。但是——」圓華露出遲疑的表情後繼續說了下去，「但是，那並不單純是演技吧？朝比奈先生他們並沒有誤會，不可能瞞過他們的眼睛。你真的是……同性戀吧？」

那由多倒吸了一口氣，注視著圓華的臉。圓華並沒有移開視線，她的雙眼發出強烈的光，好像在說，事到如今，不允許你再掩飾。

「什麼時候，」那由多問，「妳什麼時候發現的？」

「看電影的時候，我隱約有這種感覺。第一次見到你，想起你就是那個少年時，憑直覺確信就是這麼一回事。我們不是曾經在滑雪場附近的飯店同住一室嗎？當時，我之所以覺得無所謂，是因為我覺得你應該對女生沒興趣。」

「啊！」那由多在嘴裡叫了一聲。聽圓華這麼一說，他想起的確有這件事。

「但是，你刻意想要隱瞞，所以我也就沒提。剛才我說你對朝比奈先生他們有偏見，正確地說，是憎惡，是對同類的憎惡。我沒說錯吧？」

那由多看著ＤＶＤ上的電影名，點了點頭說：「也許吧。」

「人生在世，受到很多束縛，」圓華說：「希望你有朝一日，可以獲得解脫。」

她的話滲進了那由多心裡，他很坦率地對她說：「謝謝。」

「再見。」圓華站了起來，轉身走向停在公園外的轎車。

轎車的後車門打開，武尾下了車。

圓華對那由多揮了揮手，上了車。

12

打開匣盤，正打算把光碟放進去，忍不住停下了手。只要把匣盤推進去，就會自動播放。

電影《凍唇》出現在液晶螢幕上。

那由多不由地深呼吸。他想起圓華的話。不能因為痛苦，就不願面對過去——

那由多認為她說的對。回想起來，自己一直在逃避。高中時也一樣。他當時只是覺得煩躁，覺得為什麼自己會遇到這種事，卻不願正視過去發生了什麼事。

他一直覺得，這部電影代表了自己黑暗的過去。

但是，不光是影像。有關這部電影的所有記憶，都在內心投下了漆黑的影子。那由多自己也意識到這一點。

尤其是那天晚上。

完成所有拍攝工作的那一天，也就是所謂殺青那天晚上舉行了慶功宴。地點是在外景地鄉村的小旅館內，演員和工作人員都參加了，那由多當然也參加了。

但是，擔任他經紀人的母親那天並沒有陪同。因為那天早上母親突然有急事，一個人先回家了。一名工作人員會在隔天把那由多送到離家最近的車站。

對那由多來說，那場慶功宴並不好玩。周圍都是大人，沒有人和他聊天。在拍攝期間，他也只和導演甘粕說過話。

他獨自喝果汁時，一個男人在他旁邊坐了下來。那是姓水城的電影製作人。那由多在電影開拍之前曾經和他說過話，母親告訴他，「那是比導演地位更高的人」，所以他很緊張。

水城稱讚了他的演技。這部電影如果沒有你，就拍不成了。因為有你，這部電影有可能成為出色的作品。那由多聽了這些話，天真地感到高興。

「演了之後，有什麼感覺？你內心的某些東西是不是覺醒了？」

那由多被他這麼一問，感到很慌亂，覺得他似乎看透了自己的內心。

雖然他忘我地按照甘粕的指示演戲，但不能否認，自己贊同主角的某些部分。他發現自己內心有這個部分時，感到不知所措。

回想起來，甘粕可能在工藤京太這個童星身上，看到了這樣的素質。

那由多沉默不語，水城探頭看著他的臉說：「一定覺醒了。你內心具有和這部電影的主角相同的資質，而且受到了刺激，否則不可能發揮出那樣的演技，對不對？」

他無法回答：「不對。」在無奈之下，只能回答：「有一點。」

水城滿意地點了點頭。

「我就知道，但這沒什麼好難為情的，以前曾經被視為高尚的興趣。人生就要好好享受，我很享受，兩種都是。」

那由多點了點頭，但完全不知道水城為什麼對他說這些，也不知道他說的「兩種都是」到底在說什麼。

宴會結束後，那由多正準備回房間休息，水城再度叫住了他，說有事想和他聊一聊，要不要去他房間繼續聊？

那由多雖然很累，但他不敢拒絕。因為對方是地位最高的人。

當房間內只剩下他們兩個人時，水城開始喝啤酒，而且邀那由多也一起喝啤酒。

「喝點啤酒沒關係，凡事都要試一下，演員更需要累積各種經驗。」

那由多還是無法拒絕。他跪坐在那裡，看著水城為他倒啤酒。

那不是他第一次喝啤酒，他從來不覺得好喝，當時也完全搞不清楚是什麼味道。但因為緊張的關係，覺得口乾舌燥，所以就咕嚕咕嚕接連喝了下去。

「你酒量很好啊，真有出息。」水城開心地繼續為他倒啤酒。

之後的事，他就記不太清楚了。當水城說演藝圈和演技的事時，他只是附和著，但中途之後就失去了記憶。

原因很清楚，因為他醉了，所以就睡著了。

當他醒來時，發現房間內一片漆黑。他躺在被褥上，完全不知道剛才發生了什麼事，只記得做了好幾個惡夢。他頭痛欲裂，很想嘔吐。他猜想是因為這個原因，所以才會做惡夢。

他隨即聽到鼾聲。有人睡在自己旁邊，而且是個成年男人。

他突然感到害怕。惡夢——那真的是惡夢嗎？

當他發現自己一絲不掛時，驚訝得幾乎停止呼吸。惡夢中，有人脫了他的衣服，摸遍他的身體，還親吻他的嘴唇。斷斷續續回想起的惡夢漸漸有了真實感。

他全身不停地顫抖，隱約看到自己的衣服雜亂地丟在榻榻米上。他想伸手拿衣服，但身體不聽使喚。

他好不容易把衣服抓了過來，穿上內褲。全身仍然顫抖不已，他雙手抱著其他衣服，沒有穿拖鞋，就離開了房間。

回到自己房間後，他衝進廁所。因為他感到一陣強烈的反胃，他對著馬桶狂吐，不停地告訴自己，那是夢，當然全都是夢。

13

剛進入十二月不久，就接到朝比奈的聯絡，說新曲已經完成，請他去聽一下。雖然他說自己根本不瞭解樂曲的好壞，朝比奈說，那也沒關係，希望他去聽一聽。他答應後，立刻驅車前往。

朝比奈的氣色很好，動作也很俐落，坐在隔音室彈鋼琴的身影，看起來比之前年輕了十歲。

朝比奈演奏的樂曲充滿了雄壯而優雅的旋律，完全就是「大地的呼吸」。當朝比奈彈完後，他忍不住鼓掌。

「不知道你喜不喜歡？」朝比奈問。

「我覺得很棒。我相信尾村先生也一定很高興。」

「聽你這麼說，我就放心了。這一切多虧了你，我要再次向你道謝。謝謝你。」

「不，你太客氣了。對了，」他從口袋裡拿出一張名片，「我印了新的名片，可以給你一張嗎？」

「名片？沒問題啊。」

他走到朝比奈身旁，把名片放在朝比奈手上。

「喔，還有點字。」

「對，因為視障者也可以成為針灸師，希望他們也可以有興趣。」

「原來是這樣。」朝比奈用手指尖撫摸著名片，偏著頭「咦？」了一聲，「上面好像寫著工藤……京太。」

「沒錯，以後我要用這個名字。」

「是喔。」朝比奈點了點頭，笑著說：「很好，我也贊成。」

「太好了。」

離開朝比奈家，走回車子的路上，用手機看網路新聞。因為他想知道坂屋參加跳台滑雪比賽的結果，但先看到了新聞快報的內容，忍不住停下腳步。

電影製作人水城義郎死亡。根據報導的內容，水城在D縣赤熊溫泉散步時，吸入硫化氫中毒死亡，報導中並沒有寫明是他殺還是意外。

是上天的懲罰嗎？還是有人為自己報了仇——

工藤京太再度邁開了步伐。他覺得今晚或許可以看《凍唇》了。

Laplace's Movement 第五章

魔力的胎動

1

「體重六十公斤的成年人，體內總計有一百二十公克鉀，請計算體內輻射量——這樣可以嗎？」青江修介整個人倒在椅背上，隔著玻璃窗看著冬日的藍天問。

但是，身旁的奧西哲子沒有回答。青江轉頭看著她，發現她一臉不悅地偏著頭。

「妳不滿意嗎？」

奧西哲子推了推黑框眼鏡，皺著眉頭看向他。

「這題目會不會太簡單了？」

青江噘著下唇，搖了搖頭。

「沒關係啦，這是送分題，如果不讓他們在這裡賺點分數，會有很多人不及格。原本就有很多學生說環境分析化學的學分很難修，所以沒什麼人選這堂課。」

奧西哲子嘆了一口氣，把手放在筆電的鍵盤上，「附註只要寫亞佛加厥數就夠了吧。」

「也附上鉀40的同位素存在率和半衰期。」

「既然是修這門課的學生，應該知道這些。」

「可能有人記性特別差呢？」

「你還真是好心。」奧西哲子語帶諷刺地說完，開始敲打鍵盤。

青江再度看向窗外。今天的天氣真的很不錯，是典型的冬季氣壓型態。東京天氣這麼晴朗，日本海附近可能下雪。根據長期預報顯示，今年冬天會難得地很寒冷。東京往年都會到初春才會下雪，但今年可能新年過後就會下雪。

時序已經進入十二月，研究室的學生和研究生全都去上課了，於是他們利用這個時間，準備一月考試的考卷。

「完成了。」奧西哲子的話音剛落，電話就響了。是桌上的市內電話，從鈴聲可以判斷，是外線打來的。

奧西哲子接起電話後，「喂？」了一聲。因為她奉命不能隨便報上研究室的名字。

「……對，沒錯……他在。不好意思，請問你是哪位？」奧西哲子將身體轉向青江的同時問道，然後又皺著眉頭「啊？」了一聲。

青江有一種不祥的預感。朋友都會打他的手機，如果是出入這裡的業者或是大學相關的人，這位女助理不可能露出這樣的表情。

奧西哲子用手捂著電話，把電話放了下來。

「誰？」青江問。

「D縣警一位叫室田的先生。」奧西哲子一臉困惑的表情說。
「啊?D縣警?為什麼找我?」
「他說有事想要請教你。」說完,她遞上了電話。
「請教?」青江接過電話,暗自思考著。他完全不知道對方是誰。他的朋友中沒有人姓室田,至於D縣,他只有學生時代去過一次而已。
他清了清嗓子,接起了電話。「你好,我是青江。」
『啊,你好。』對方說話很大聲,青江覺得耳朵都痛了,『不好意思,在你百忙之中打擾。我是D縣警察總部生活安全部生活環境課的室田。』
「喔……」光聽對方報上名字,青江也不知道該如何回應。
『我從J縣警那裡得知了你的姓名和電話。教授,你曾經在三年前協助過J縣警,對嗎?』
「J縣警的話……」聽對方這麼說,他想起一個地名,「是灰堀溫泉的事嗎?」
一旁的奧西哲子微微瞪大了眼睛,她聽到這個地名,當然不可能無動於衷。
『沒錯,沒錯,』室井興奮地說,『聽J縣警的人說,教授當時幫了很大的忙。』
「我並沒有幫什麼忙。」
『不不不,我聽說如果沒有教授協助,全村可能都要封閉。你不僅提供了寶貴的建議,還預防了更多人受害。』

「只是巧合而已。先不談這個……請問你找我有什麼事？」

『就是我們剛才談的事，我們也想請教授提供協助。』

「你的意思是？」青江內心吹起不祥的風。剛才的不祥預感並不是杞人憂天。

『今天在這裡的赤熊溫泉發生了一起意外，一名男性在散步時，因為硫化氫造成中毒死亡。為了查明原因，同時研擬今後的預防對策，想請教授提供協助。』

掛上電話後，青江向奧西哲子說明了情況，她的眉頭漸漸鎖了起來。

「溫泉地又發生了這種事嗎？還是沒有汲取那一次的教訓。」她語帶憂愁地說。

「當地人應該都知道，只是外來的觀光客並沒有認識到火山氣體的危險性。當地居民也不瞭解觀光客這麼無知，以為他們當然會知道，但是，這次一定要廣泛宣傳，讓大家都知道。」

奧西哲子聽了青江的話，眼鏡後方的雙眼亮了起來。

「所以，你又要去意外現場嗎？」

「沒辦法啊，預防這種事的發生，也是我們的工作。」

「研究室……要怎麼辦？」

「就交給妳了，這次我一個人去。」

「是嗎？」奧西哲子說完，垂下眼睛，然後再度注視青江說：

「希望只是單純的意外。」

青江深呼吸後點了點頭，「是啊。」

他的腦海中回想起三年前的幾個景象。

2

三年前——

青江和奧西哲子一起搭電車前往J縣，協助調查灰堀溫泉村發生的一起硫化氫中毒意外，但並不是縣警請求他協助，而是J縣自然保護課一位姓攝津的男職員。

青江他們曾經和攝津見過面。一年三個月前，他們曾經交換過名片。因為當時青江打算在國內幾個溫泉地調查硫化氫氣體的狀況，灰堀溫泉是他當時挑選的溫泉地之一，曾經請攝津帶路。

「原來有人踩進了那片溪谷。」青江操作著平板電腦嘀咕著，平板電腦上顯示了這次意外現場的詳細地圖，旁邊放著之前調查結果的報告，他比對之後，發表了自己的感想。

「那裡是危險地點嗎？」

坐在對面的奧西哲子問。那是面對面的四人座位，但因為車上沒什麼人，所以只有他們兩個人坐。

「是極其危險的地方，妳不記得了嗎？在有很多溫泉飯店的村莊不遠處，有一個溫泉水流動的溪谷。」

奧西哲子露出思考的表情後，點了點頭說：

「喔，我想起來了，那裡的硫化氫濃度很高。」

「平時的話比較沒問題，但冬天下雪之後，溪谷會被雪覆蓋，表面看不出來，但其實內部形成了空洞，充滿了硫化氫氣體，一旦踩下去就慘了，掉進溪谷後，只要吸第一口氣，就會馬上昏過去。」青江盯著平板電腦，微微偏著頭，「我當時就提醒攝津先生他們要格外小心，他們為什麼沒有採取對策……」

「可能太大意了。」奧西哲子用冷淡的語氣說，「因為之前從來沒有發生過意外，就以為之後也不會發生——這種情況很常見。」

「但是，悲劇還是發生了，不知道當地人如何看待這件事。」

他們在轉車的車站下了車，搭上了前往灰堀溫泉村的電車。電車上沒什麼人，巡視車廂內，除了青江和奧西哲子，只有幾名乘客而已。

抵達灰堀溫泉車站，意外發現還有兩名乘客也一起下了車。一個是身材微胖的白髮男人，另一個是氣質優雅的女人。經過驗票口時，那個男人用快活的語氣問青江：「你們來觀光旅行嗎？」

青江猶豫了一下，但覺得一旦說謊，之後可能會有麻煩，而且一旦回答是來觀光，就會被誤以為他和奧西哲子是夫妻，不知道奧西哲子會怎麼想。於是，他老實回答說，是來這裡工作。

「喔？是這樣啊。」白髮男人眨了眨眼睛，「來這種地方做什麼工作……？」說到這裡，他在自己面前搖了搖手，「對不起，我很好奇，因為畢竟才剛發生那起意外。」

「你知道意外的事？」

對方聽到青江這麼問，用力點了點頭：

「當然知道。不瞞你說，昨天晚上，接到了預約旅館的電話，說這裡發生了這樣的意外，警方要求他們旅館自行斟酌是否繼續營業，如果我要取消，他們會將費用全額退還給我。所以我就和我太太討論，因為我們期待了很久，而且也配合這次旅行請了假，於是覺得只要小心點，應該不會有問題，最後還是決定來這裡。對不對？」

男人徵求身旁妻子的同意，她也露出淡淡的笑容，點了點頭。

「原來是這樣。」青江點頭時暗想，這兩個人也很大意。所以才會發生意外。

「我們是從東京來這裡，調查這次的意外。」

「是嗎？所以你們是哪個公家單位的人嗎？」青江的回答似乎激發了白髮男人的好奇心，所以他有問不完的問題。

「老公！」他太太在一旁制止，「你這樣打破砂鍋問到底很失禮。」

「啊，那倒是。真是不好意思，因為還是很關心那起意外。」男人賠著笑說道。

「沒關係，我們在大學做研究工作。」

「喔。」男人的嘴巴擠成圓形，「研究……」說到這裡，害羞地苦笑了起來，在自己面前搖著手說：「對不起，我不再多問了。」

他原本似乎想問研究的內容，幸好他放棄了。如果聽到「地球化學」這幾個字，搞不好又會問其他問題。

走出車站，眼前一片白雪茫茫，鏟到道路兩旁的積雪形成一道牆。青江按著圍了圍巾的領口有點後悔，早知道應該在羽絨衣內多穿幾件衣服。

「那就有緣再見。」白髮男人說完，和太太一起走向計程車站。他的步伐很輕快。

「即使發生了那種意外，還是會有人來這裡。」奧西哲子驚訝地說。

「那當然，就好像即使有人發生山難，仍然有人會在冬天爬山。」

有緣再見——

灰堀溫泉村並不大，搞不好真的還會再見到。青江目送著那對夫妻的背影想道。

不一會兒，攝津駕駛著白色休旅車來到車站。

「教授，奧西小姐，不好意思，還麻煩你們特地來這裡一趟。」攝津走下車，連續鞠了好幾次躬。四十多歲的他有一張圓臉，中年發福，穿了保暖外套後，整個人顯得更臃腫。

「沒想到竟然會發生這種意外。」

「就是啊。」攝津的兩道眉毛皺成了八字，「整個小村莊都亂成一團，我們不知道之後該如何採取因應措施，教授願意來這裡協助，真是太好了。」

「不，我不知道能幫上多少忙，要看了現場才知道。」

「喔，對喔，那我馬上帶你去。」

青江和奧西哲子一起坐在休旅車的後車座，從車站到灰堀溫泉村大約三十分鐘左右。

攝津在開車時，向他說明了意外的大致情況。昨天上午，來自關西的一家人發生了意外。父母帶著讀小學的兒子一起租車來這裡，在他們退房之後，租的車子仍然停在停車場，旅館老闆感到不對勁，就和員工一起去附近找他們，有兩個人提供了目擊證詞。其中一個人說，看到父親在村莊南側的神社旁抽菸；另一個人說，看到母親帶著少年走向北側。於是，老闆就和員工分頭去找那家人。去神社找人的員工沒有發現那個父親，循著母親和兒子的腳印去找人的旅館老闆發現了那一家人。在冬季期間禁止進入的空地上，看到一男一女疊在一起倒在地上，附近有很強的硫化氫味道，所以旅館老闆立刻知道他們中了毒。為了避免其他人發生意外，他要求員工不要靠近，打了一一九報案。身穿防護衣的消防隊員很快就趕到了，把那對夫妻移到安全的地方，兩個人的心跳都已經停止了。他們倒地附近有一個大洞，下方是空洞，有一個少年倒在那裡，應該是跌下去的。

「我用電子郵件把標示地點的地圖寄給你了，你有沒有看過？」攝津握著方向盤問。

「有，就是上次調查時，認為最危險的地點之一。」

「就是啊。」攝津用沉重的語氣說，因為他看著前方，所以青江看不到他的臉，但可以想像他的臉皺了起來。

「你們沒有採取任何措施嗎？像是禁止任何人進入。」

「當然有啊，春季到秋季期間，那裡作為資材堆放處使用，冬天就禁止進入，而且也豎了看板，上面也寫了『禁止進入』，但看板不知道什麼時候倒了，而且又下了雪，所以就看不到了。」

「倒了？」

「好像是鏟雪車撞倒的，因為鏟雪車經常在那裡調頭。」

「鏟雪車？鏟雪車開進禁止進入的區域嗎？」

「好像是這樣。」攝津的聲音有點不悅，聽他的語氣，應該也是第一次知道這件事。

「太危險了，即使人在車內，也未必安全。如果雪地的空洞因為某些原因破了，裡面積滿的硫化氫會噴出來，很可能不只是造成呼吸困難這麼簡單而已。」

「聽負責的人說，他們自己很小心。總之，就是資訊沒有充分傳達給每一個人。」攝津語帶歉意地說。雖然不是出於他的本意，但還是造成了輕視青江忠告的結果，他似乎在為這件事感到懊惱。

青江心情鬱悶地看著車窗外，發現積雪越來越深。上次是在還未進入嚴寒時來這裡，因為積雪之後，會抑制火山氣體的發生，會影響調查結果的正確性，但反過來說，一旦正式進入冬季，到處都可能是危險的場所。

當他們抵達灰堀溫泉村時，發現整個村莊籠罩在異樣的氣氛中。戴著防毒面具的警察頻繁地在兩側有老舊民房的街上走來走去，手上拿的應該是毒氣探測器。他們用無線對講機相互聯絡，但說話的語氣很粗暴。

雖然村莊內彌漫著緊張的氣氛，令人意外的是，有不少一看就是來溫泉玩的觀光客身影。有老人，也有小家庭，還有情侶的身影。

「妳看，」青江對奧西哲子說，「剛才那對夫妻並沒有很特別，無論在任何狀況下，都有人相信災難不會發生在自己身上。」

「毫無根據地相信？」
「對，毫無根據地相信。」
攝津轉動方向盤，車子駛向北方。
灰堀溫泉村的地理很簡單，沿著東西走向的是主要道路，主要設施、商店和旅館幾乎都在這條路上。雖然有幾條南北走向的路，但道路都不寬，而且沒走多遠就禁止通行。這輛車子前往的地點也一樣，無法通往任何地方，因為那裡有一條會產生危險的火山氣體的溪谷。
車子開了一段路，就被站崗的員警攔了下來。因為前方禁止通行。
「我已經向縣警打過招呼了，而且也準備了裝備。」
攝津向員警說明後，對方才終於同意他們徒步進入，但要求他們必須戴上防毒面具和護目鏡。這些裝備都放在後方的行李箱。
青江、奧西哲子和攝津戴著防毒面具和護目鏡，把不必要的東西留在車上，然後走向意外發生的地點。他們知道如何使用防毒面具和護目鏡，之前調查期間，也都戴著這些裝備。因為他們比任何人更清楚火山氣體有多麼可怕。
因為離旅館聚集的地區有一小段距離，所以雪地上只看到警察，所有人都戴著防毒面具，但他們並沒有在做什麼，應該只是負責監視，不讓閒人靠近意外現場。

路旁有一座老舊的祠宇。上次來這裡調查時，曾經從一位老人口中得知了有關這個祠宇的故事。以前經常有小動物死在這附近，所以就建了這個祠宇提醒這附近有危險。

前方出現了空地，有十名左右員警站在那裡，其中有幾人穿著防護衣。

攝津走過去，和其中一名員警聊了幾句，很快就走了回來。

「現場勘驗已經結束，濃度雖然已經降低，但還不能拿下防毒面具，所以要求我們格外小心。」

「這裡的濃度是多少？」青江問攝津。因為他手上拿著濃度計。

「請等一下。」攝津打開濃度計，「嗯，五十二ppm。」

「五十二……那還真高啊。」

當硫化氫氣體濃度達到二十到三十ppm時，就會對呼吸器官產生影響。接近一百ppm時，長時間吸入，會導致肺水腫。

向員警打招呼後，他們繼續向前走。雪地很平坦，而且雪質較硬，顯然平時有在壓雪。

「這裡是禁止進入區域，卻還會壓雪嗎？」

「是啊，我剛才也提到，鏟雪車經常來這裡調頭。」

空地後方的雪堆得很高，似乎證實了攝津說的話。後方應該連鏟雪車也沒有進入。

「就是那個洞。」攝津指著一部分隆起的雪說。那裡有一個寬度接近一公尺的凹洞，下方應該就是空洞。

一個身穿防護衣的員警站在空洞旁，伸手制止他們，示意他們不要繼續靠近。

「地點和我想的一樣，下面是溫泉水流動的溪谷。」

攝津聽了青江的意見後說：「你說的對。」

青江嘆了一口氣，再度巡視周圍，發現有兩個長木棒交叉成X字，豎在雪地上，似乎代表危險的意思。

「那是警察來了之後豎在那裡的嗎？」

青江覺得果真如此的話，那還真潦草。

「不是。」攝津否認道，「是負責鏟雪工作的人豎的，通知鏟雪車的司機，繼續進入就很危險。我剛才說，他們自己很小心，就是指這件事。」

「原來是這麼一回事。」

他們認為，只要自己知道就好，難怪這麼潦草。青江終於瞭解了原因。

「教授，」剛才一直沉默不語的奧西哲子叫了一聲，「發生意外的一家人，為什麼會來這種地方？」

「我對這個問題也感到不解，」青江看著攝津問，「目前是否知道那家人為什麼會來這裡？」

「不，這個問題啊，」攝津稍微提高了音量，「我們也感到不解，為什麼要來這種地方。雖然村莊方面也有疏失，沒有發現危險警告的牌子倒下了，但正如你們所看到的，這裡什麼都沒有，誰都沒想到觀光客會特地跑來，而且這條路不通，沒辦法穿越這裡去其他地方，也沒有特別漂亮的風景。所以完全搞不清楚他們為什麼來，又來幹什麼。」

3

意外對策會議在灰堀溫泉村的村公所舉行，除了縣政府和村公所的人以外，還有警察、消防和衛生所的代表都參加了這個會議，攝津向大家介紹青江和奧西哲子是列席本次會議的專家。

首先由警方和消防人員報告了這起意外的概要和原因，除了那家人的姓名和住址以外，其他都是青江已經知道的情況。但有一件事引起了他的注意，就是在空洞中發現少年時，他頭朝下倒在那裡。

青江舉手發問。「如果他是站在那裡不小心踩進雪地的空洞，通常不是應該維持跌坐的姿勢嗎？」

負責說明的消防人員聽到外人的問題，露出為難的表情。

「雖然你這麼說，但發現他的時候，他就是那樣的姿勢。」

「所以是上半身先掉進空洞嗎？」

「上半身先掉進……洞裡嗎？」負責報告的人看著貼了發現當時照片的資料，有點不知所措，沒有繼續說下去。

「嗯，應該是這樣，這麼一想就很合理了。」當地警察分局的局長說，「他可能爬上雪堆，手放在雪堆上時，那堆雪突然沉了下去，結果他上半身就先掉進洞裡。嗯，沒錯，一定就是這樣。」

與會者中最有份量的警察分局局長語氣堅定地表達了意見，其他人說著「沒錯」、「很有道理」，紛紛表示同意。

分局局長心情大好，一臉得意地看著青江說：「不愧是專家，提出的問題很尖銳。」

「但是，」青江說：「他為什麼要爬那裡的雪堆？其他地方也有很多雪堆，而且堆得更高，爬起來也更有成就感。」

分局局長立刻露出不悅的表情，「這種事，只有爬的人自己知道。」

負責說明的消防人員舉起手說：

「我聽那家人投宿的『山田旅館』老闆說，他曾經警告吉岡先生，不要去那一帶。」

這次遇害的那家人姓吉岡。

「可能他沒認真聽，或是搞錯了地方。」剛才始終不發一語的村長小聲嘀咕，「如果是這樣，當事人也有疏失……雖然現在也許不該說這種話。」

「不，村長，這件事也很重要，必須搞清楚。」分局局長挺直了身體，「因為家屬搞不好會要求賠償金，所以要好好調查是否明確告知了危險性這件事。」

駝著背的村長把頭壓得更低了，說了聲：「那就拜託了。」他應該努力想要減輕村莊方面的責任。

接著開始討論今後的對策，通往現場的道路禁止通行，以及持續測量附近氣體濃度等事項很快就拍板定案，但討論到目前仍在營業的旅館和居民問題時，遲遲無法達成協議。因為各方都有自己的立場。

在徵求青江的意見時，青江提議，必須立刻撤離遊客和居民。

「我透過上次的調查，大致上掌握了幾個會噴出硫化氫氣體的地點，但目前到處都被白雪覆蓋，無法瞭解積雪下面的狀況。可能有些地方產生了龜裂，也可能有像這起意外中所見到的空洞。因為火山氣體是氣體，所以會無孔不入，而且會移動。也就是說，無論哪裡會冒出火山氣體都不意外。」

警方和消防人員贊成青江的意見。因為只要居民和遊客撤離，他們的工作就輕鬆多了，但村莊方面的人則面露難色，因為觀光是村莊的重要收入來源。

「如果現在撤離所有人，就意味著明年之後，這裡冬天就無法居住，這根本是亂來。」村長小聲地說。雖然他說話的語氣沒有霸氣，但可以感受到他堅定的意志。

雙方經過討論，最後得出了由村民自行決定去留的結論。明天之後會勸告撤離，但並不具有強制力。雖然會要求旅館採取審慎態度，但是否繼續營業，也交由各家旅館自己判斷。青江覺得這種結論很半吊子，但他只是列席這場會議，當然沒有立場推翻他們做出的結論。

會議結束後，攝津送青江和奧西哲子前往住宿的旅館。他們這次要住在遇害那家人投宿的「山田旅館」。這不是巧合，而是青江提出的要求。因為他覺得或許可以從老闆和員工口中打聽到有參考價值的消息。

「山田旅館」是縣道旁的大旅館。聽攝津說，除了「山田旅館」以外，還有兩家可以接受超過二十名遊客投宿的旅館，青江和奧西哲子上次就在其中一家住宿。

攝津辦理入住手續的同時，向他們介紹了旅館老闆。老闆叫山田一雄，五十歲左右，這家旅館是他曾祖父建造的。

山田聽到青江的頭銜，立刻露出誠惶誠恐的態度。

「啊呀啊呀，真是給你們添麻煩了。」

「不，並沒有給我們添麻煩……你們也很傷腦筋吧？」

「是啊，第一次遇到這種事，真的吃不消。」

「有很多人取消預約嗎？」

「差不多三分之一左右，客人入住時，我們也會詳細說明狀況，但當客人問我們有沒有問題時，也不能對他們說『很危險』，所以真不知如何是好。」

攝津對青江和奧西哲子說：「教授，那明天就再麻煩兩位了。」然後就先離開了。明天早上要在村公所繼續開會。

「我聽消防人員說，你告訴遇害的那家人，意外現場那裡很危險。」

青江向老闆確認，山田用力點了點頭。

「對啊，因為吉岡先生問我，有沒有推薦的散步路線。我回答說，沿著縣道走最理想。他問我可不可以走岔路？我告訴他，往南走，有一家歷史悠久的神社，但請他不要往北走。我明確告訴他，目前這個季節，火山氣體會聚集，所以很危險，請他們千萬不要靠近。吉岡先生還說，那必須小心點。我以為他聽懂了，是不是其實並沒有聽懂？」

「他太太和兒子當時也在場嗎？」

「不，只有吉岡先生一個人，所以他可能沒有告訴他們。」

青江陷入了沉思。聽老闆這麼說，吉岡一家人沒有理由去那裡。

「真是太可憐了，一家人難得開心出遊，沒想到發生這種事，他們一定死都無法瞑目。」山田深有感慨地說。

「你也和吉岡太太、兒子聊過天嗎？」

「他們辦理退房手續時稍微聊了幾句，吉岡太太高興地說，這次旅行是美好的回憶，他們的兒子看起來也很開心。那個小孩子很活潑，躍躍欲試地說要開始打棒球了。」山田抱著手臂，低下了頭。

「他們退房之後，為什麼沒有馬上去開車？」

「我也不知道為什麼，聽他們的兒子說，要玩什麼遊戲。」

「遊戲？什麼遊戲？」

「他沒說，我還以為要在車上玩手機遊戲……」

現在說「遊戲」，大部分都是指手機遊戲。

「啊喲啊喲，真是有緣啊。」突然聽到一個男人大聲說話的聲音，在車站和青江聊天的那個白髮男人從旁邊的樓梯走了下來。他在浴衣外穿了一件寬棉袍，「我們又見面了，原來我們住同一家旅館。」

「你好。」青江態度不冷不熱地微微欠身，他不喜歡和這種類型的人打交道。

「幸好還是決定來這裡，啊，這裡的溫泉太棒了，我已經泡了兩次，晚餐的啤酒應該會很好喝，我現在就開始期待了。」

「喔，那真是太好了。」

「你也趕快去泡一下吧，你的工作已經結束了吧？」

「是啊……」

聽到他這番無憂無慮的發言，青江正在思考要怎麼回答，這時，身後傳來一個聲音。

「不好意思。」

回頭一看，一個穿著灰色大衣，圍著圍巾的女人站在那裡。她的年紀大約三十多歲。

「啊，歡迎光臨，請問尊姓大名？」山田走進櫃檯內。

「不，我並沒有預約。」那個女人小聲地說。

「啊？」山田不知所措地抬起頭。

「我雖然沒有預約，但我想住宿。」女性抬眼看著山田，客氣地問：「不行嗎？」

「喔，是這樣啊。」山田摸著頭，不知道為什麼，竟然看著青江。他似乎不知道該不該拒絕。因為有人取消了預約，旅館應該有空房，提供料理也沒問題。

青江覺得萬一老闆問他該怎麼辦，他也不知如何回答，於是對奧西哲子說：「我們走吧。」

「啊，教授，我請人帶你去房間——喂，誰帶教授去房間？」山田慌忙對著後方喊道。

4

在溫泉中伸直手腳，覺得全身的血液都加速流動，帶走了一天的疲勞。這當然只是錯覺，但這種快感令人欲罷不能。

青江把肩膀以下都泡在溫泉中，巡視著浴場內。這裡有兩個排氣孔，其中一個設置在和地面相同的高度，完全符合環境省的要求。溫泉水隨時從浴槽中溢出來，也不光是為了打造出奢華的氣氛，更顧及了安全性。每公斤溫泉水中的硫磺含量超過兩毫克的溫泉，溫泉旅館在設計上必須符合幾項標準。

但是，如果在戶外，就沒有明確的規範。因為濃度每天都會改變，即使昨天很安全，今天也未必安全，但如果禁止出入所有地方，就會影響日常生活。

話說回來——

吉岡一家人為什麼要去那裡？他們在那裡幹什麼？

山田的話聽起來不像在說謊，所以他應該的確告訴了吉岡先生，那裡是危險的地方。但是，為什麼？雖然青江知道自己思考這個問題毫無意義，但還是很想知道原因。

在大浴場泡完澡後，青江回到房間看資料，很快就到了晚餐時間。餐廳在一樓，他去了二樓，發現奧西哲子已經坐在那裡。青江在她對面坐了下來。

青江看了一下周圍，發現有十幾個客人。雖然很想瞭解他們對危險性的瞭解程度，但也不能去問他們。

「咦？」青江的目光停留在角落的座位。剛才那個沒有預約就直接來住宿的女人坐在那裡。

「看來老闆最後還是讓她入住了。」

奧西哲子向那個女人的方向瞥了一眼。

「客房並沒有住滿，旅館方面沒理由拒絕。不過，既然沒有預約，為什麼會來這種地方？」

「可能一個人旅行，然後心血來潮跑來這裡，只不過她不可能不知道這裡發生了意外。」

晚餐送了上來，是用了河裡的魚和山菜的樸素菜色。青江遲疑了一下，最後還是決定點啤酒。因為他認為喝點啤酒應該不算是行為不檢點。

「現在才吃晚餐嗎？」頭頂上傳來說話聲，抬頭一看，剛才那個白髮男人正對他露出笑容。

「呃，是啊……」

青江很想說，看了不就知道了嗎?但他並沒有說出口。

「我們剛才在房間吃了晚餐，但總覺得意猶未盡，所以我想下來喝一杯，配一些佃煮山菜。」男人說完話，沒有徵求青江的同意，就拉開他旁邊的椅子坐了下來。

「你太太呢？」青江問。

「她又去泡溫泉了，她比我更喜歡溫泉。」

你最好也去泡一下。青江很想這麼對他說。

青江根本沒問，男人就開始自我介紹。他姓桑原，在橫濱開一家公司。

青江也不得不自我介紹，桑原聽到他在泰鵬大學任職，立刻雙眼發亮，一下子問他專攻哪個領域，一下子又問他針對這起意外在調查什麼。

「像是氣體的濃度，還有發生的地點之類的。」青江在回答的同時，用眼神向奧西哲子求助，但她事不關己地默默吃著晚餐。

「是喔，那真辛苦啊——喔，那位小姐也在。」桑原壓低了聲音，他似乎也發現了那個沒有預約的女人。

「看來老闆還是讓她住了。」

「是啊，聽說她並不知道那起意外，因為臨時想到來這裡，所以沒有預約。」

「你知道得真清楚啊。」

桑原聽到青江這麼說，意味深長地嘿嘿笑了起來。
「因為是我說服了旅館老闆，既然因為有人取消，旅館有空房，就讓她住下吧。更何況時間這麼晚了，不讓她住未免太可憐了。」
這個男人不僅愛湊熱鬧，而且還很愛管閒事。
「失陪一下。」桑原說完後站了起來，走向那個女人的座位，向她打了招呼後，在她對面坐了下來。
「太好了。」青江吐了一口氣後瞪著奧西哲子，「妳怎麼不幫忙應付他一下？助理不是應該在教授有難時拔刀相助嗎？」
奧西哲子抬起頭，眨了眨眼睛說：「你剛才有難嗎？」
「當然啊，妳沒發現嗎？」
「我聽你們的談話，覺得你們聊得很投機，而且也很開心。」奧西哲子一本正經地說完，再度吃了起來，根本不讓青江有機會抱怨。
青江一看桌上，發現瓶裝啤酒不知道什麼時候已經送了上來。他把啤酒倒進杯子，咕嚕咕嚕喝了起來。
「因為是美女。」奧西哲子幽幽地說。
「妳說什麼？」

「那個女人啊。」她微微轉過頭，「雖然打扮很樸素，但仔細看一下，發現她的五官很漂亮，所以應該有不少男人會為她著迷。」

「妳是說，那個姓桑原的人想要勾搭她嗎？他太太也在啊。」

「即使沒打算在這次旅行期間搞什麼花樣，也許想要拿到對方的聯絡方式。更何況通常不會只因為好心說服旅館老闆讓她住宿。」

奧西哲子剛才看起來沒有聽他們談話，沒想到一字不漏地聽得很清楚。

青江在吃飯時，不時偷瞄了桑原和那個女人。桑原坐在那個女人對面，自己倒著溫過的日本酒，不停地和那個女人說話。雖然看不到那個女人的臉，但青江想像她應該覺得很煩，不由地開始同情她。

吃完飯，回到房間為明天的會議做準備時，聽到了敲門聲。剛才已經和奧西哲子充分討論了明天的事，照理說不會有人來找自己，青江有點納悶地站了起來。

打開門一看，內心忍不住感到厭煩。因為桑原站在門口。

「不好意思，打擾你休息，可以稍微和你聊幾句嗎？」

「請問有什麼事？如果不是重要的事，可以明天再說嗎？」

「一下子就好，因為有一件事無論如何都想要告訴你。」桑原壓低聲音說，「關於那個女人，沒有預約就入住的女人。」

又是這件事嗎？青江覺得很煩。

「我認為這件事和我沒有關係。」

「不，有很大的關係。」桑原把臉湊了過來，「和這次的意外有關係。」

「喔？」青江忍不住發出驚叫時，一名中年女人走了過去，露出懷疑的眼神看著他們。

「可以讓我先進去再說嗎？」桑原小聲地問。

青江嘆了一口氣，拉開門說：「請進。」

「打擾了。」桑原走了進來，但青江無意請他再入內，站在原地問他：「請問和意外有什麼關係？」

「這個嘛，」桑原的聲音聽起來很嚴肅，「我和她聊天之後，發現她很奇怪。她說從網路上查到來這家旅館的方式，我問她是怎麼查到的，她一下子說是看旅館的網站，一下子又說是搜尋旅館時看到的，一直變來變去。這家旅館的網站上提到這裡發生了意外，而且如果用『灰堀溫泉』這幾個字在網路上搜尋，就會出現很多關於意外的報導，她怎麼可能不知道意外的事？難道你不這麼覺得嗎？」

如果桑原所說的話屬實，的確令人懷疑。

「你認為她知道意外的事，特地來這裡嗎？」

「這是唯一的可能。如果像我們一樣，很早就預約也就罷了，否則通常知道這起意外後，就不會再來這裡。雖然難免有些好事的人帶著強烈的好奇心來看熱鬧，但那個女人看起來不是這種人，而且，如果是這樣，沒必要謊稱不知道這起意外。」

桑原滔滔不絕說明的內容邏輯很合理，也有說服力。也許他除了愛湊熱鬧以外，還具備了相當的觀察能力。

「所以你認為那個女人基於某種理由，明明知道那起意外，卻謊稱不知道嗎？」

桑原用力點頭。

「我認為剛好相反，她因為知道這起意外，所以才決定來這個危險的地方。」

青江也瞭解他這句話想要表達的意思。

「你覺得她想來這裡自殺？」

「除此以外，還有其他可能嗎？」

被桑原這麼反問，青江答不上來，只能問他：「那你要我做什麼？」

「你們明天不是要繼續調查嗎？不是要調查哪些地方有危險嗎？」

「是啊……」

「既然這樣，如果在路上看到她，最好提高警惕。也許她也在調查哪些地方有危險。」

桑原的要求很合理，的確很有這種可能。

「好，那我會注意。」

「那就拜託了，不好意思，打擾你休息了。」桑原打開門，準備走出去。

「你真關心那位小姐啊。」青江忍不住說。

桑原轉過頭，前一刻還嚴肅的臉上露出了笑容。

「你猜對了，我原本心存不軌，但如果她是因為這樣的原因來這裡，就不是動歪腦筋的時候了，畢竟人命關天啊。」說完，他偏著頭說，「不，這也不是實話，不妨告訴你，我還是對她有點企圖。雖然不知道她基於什麼原因想要自殺，但我想要傾聽她的煩惱，這就是我的企圖，但請你不要告訴我太太。」

青江吐了一口氣，點了點頭說：「沒問題，晚安。」

「晚安。」桑原走了出去。

青江關上門，鎖上門鎖。真是一種米養百種人。他忍不住這麼想。

5

隔天早餐後，青江和奧西哲子做好出門的準備，在一樓休息室等攝津來接。因為沒有其他客人，青江把昨晚桑原說的事告訴了奧西哲子。

「妳有沒有什麼想法？」

奧西哲子聽了青江的問題後，露出理解的表情。

「有道理，如果不是基於這樣的原因，不可能臨時來這種地方。但是——」青江發現女助理偏著頭，「她會想死嗎？」

「什麼意思？」

「雖然我不知道她有什麼煩惱，但我對那個女人是否會選擇走上絕路這件事存疑。」

「為什麼？」

「因為，」奧西哲子戴著眼鏡的雙眼發亮，「因為她是美女。」

「妳又在說這件事。」青江垂下肩膀，「美女也會有想死的時候。」

「想死和真的走上絕路是兩回事，美女即使想死，也會很快找到不需要死也能解決的方法。」

「妳說得真有把握。」

「這是建立在統計基礎上的推論。」奧西哲子的語氣仍然充滿自信。

「但是科學家必須隨時考慮到例外的狀況。」

「我知道，所以，如果她是例外情況，我對她的自殺動機很有興趣。」

「動機嗎？比方說，被男人拋棄了。」

「哼，」奥西哲子用鼻孔噴氣，「女人才不會因為這個原因去死。」

「但女人不是常說，如果你背叛我，那我就死給你看。」

「這只是演技，如果有男人真的相信，那真的太笨了。」奥西哲子露出冷漠的眼神看著青江。

「我只是打一個比方而已，」青江說，「並不是有人對我說過這種話。總之，妳認定美女不會自殺的想法很危險，如果我們在外面看到她，就要提高警覺。」

不一會兒，穿著保暖外套的攝津走進休息室，一看到青江和奥西哲子，鞠了一躬說：「今天也麻煩兩位了。」

走出休息室，看到旅館老闆正在和一個男人說話。男人的手臂上戴著「消防」的臂章，他們不知道在爭執什麼。

「怎麼了？」青江問山田。

「啊，教授，請你來評評理，有這麼嚴重嗎？真的需要撤離嗎？」山田露出求助的眼神。

「我剛才不是說了，並沒有強制嗎？」消防人員說：「只是勸告大家撤離，認為撤離這裡比較好，無論居民還是遊客，如果想留在這裡，可以繼續留在這裡。」

「既然留在這裡也沒問題，就不要勸告大家撤離，這等於在告訴大家，這個村莊很危險，如果明年之後，都沒有客人上門，你們要補償我們嗎？還是叫我們把旅館關了。」

「因為的確有危險，這也沒辦法啊。我們是根據青江教授調查的數據做出這樣的判斷。」

「我知道這裡很危險，畢竟我在這裡住了幾十年，我也確實告訴了那家人。如果是因為我說明方式有問題，要我怎麼道歉都可以，但沒理由叫我把旅館關了。」

「我沒有說要你把旅館關了，只是建議可以暫時撤離。」

「誰要你們多管閒事。」

兩個人因為情緒激動，根本雞同鴨講。青江擔心繼續留在這裡，可能會波及自己，所以悄悄走出旅館。

「要所有人撤離似乎不太現實。」青江在上車之後說。

攝津一臉愁容點了點頭。

「不光是旅館，普通民宅也一樣。對這裡的居民來說，又不是第一次遇到火山氣體，他們整天看到野鳥和狐狸中毒死亡，但一直以來，都在完全瞭解危險性的基礎上，繼續在這裡過日子，無法理解為什麼必須為了搞不清楚狀況的外來客死亡，就要求自己撤離，所以也不是不能理解他們的心情。」

搞不清楚狀況的外來客——雖然青江覺得用這種說法形容被害人很過分，但對一直在這裡平靜過日子的居民來說，這應該是他們的真心話。

攝津的車子最先前往這次的意外現場。和昨天一樣，在禁止進入區域前停了車，然後戴上了防毒面具和護目鏡。

走到現場，發現有一對中年男女和看起來像是警察的一群男人在那裡。那對中年男女把花束放在雪地上，然後合起雙手。

攝津和其中一名員警交談之後，回到青江他們身旁，小聲地說：

「他們是去世的吉岡先生的姊姊和姊夫。」

「原來是這樣。」青江瞭解了狀況，猜想他們應該來領取吉岡一家人的遺體。雖然他們的遺體要進行解剖，但今天就可以歸還給家屬。

家屬離開後，青江等人確認了氣體的濃度。今天的濃度低於十ppm，所以並沒有問題。青江也試著拿下護目鏡，眼睛並沒有刺痛的感覺。

巡視了附近和幾個危險地區後，他們前往村公所。一走進會議室，消防和警方人員面色凝重地正在討論。今天不見警察分局局長的身影。

「怎麼了？」攝津問。

那幾個人露出猶豫的表情互看了一眼，最後警察局地域課的田村開了口。

「今天，死者的家屬來這裡了。是吉岡先生的姊姊和姊夫。」

「我知道，剛才我們也遇到了。」攝津回答，「有什麼問題嗎？」

「不，不瞞你說……」田村猶豫了一下，繼續說了下去，「因為聽到了有點在意的事。」

「什麼事？」

「他姊姊說，可能不是意外。」

「怎麼回事？」

「這件事千萬不能說出去，」田村降低了音量。「吉岡先生上個月辭職了，而且辭職的原因很複雜，據說公司懷疑他盜用公款。吉岡先生不承認，最後終於查明是誤會，但他在那件事之後，精神狀況出了問題，休息了一段時間後，還是辭職了。只不過房子的房貸還沒繳完，又要養家，所以他去找姊姊商量，不知道該怎麼辦。當時他很沮喪，所以他姊姊很擔心他想不開。」

「請等一下。」青江忍不住插嘴說：「有可能是自殺嗎？」

「只是有可能而已，」田村說話的語氣很謹慎，「但不能排除這種可能性。」

「怎麼可能？」青江嘀咕著，但他找不到可以明確否認的根據。如果吉岡從山田口中得知那裡很危險，特地去那裡，似乎也合乎邏輯。

同時，他想起桑原說的事。那個美女來這裡真的是為了自殺嗎？幾年前，曾經發生多起使用硫化氫自殺的事件，也許目前仍然有不少人認為這是平靜走向死亡的方法。之後舉行的對策會議，也都圍繞吉岡一家的死可能是自殺的話題。

「我無法理解有人得知是危險的地方，特地帶全家一起去。如果是因為失業受到打擊，想要自殺的話，或許可以說得通。」

「他太太也同意嗎？」

「這就不知道了，搞不好是強迫他們母子一起自殺。」

「他精神狀況出了問題，應該是憂鬱症吧？聽說憂鬱症是造成自殺的最大原因。」

「如果是自殺，八成是強迫母子和他一起自殺，至少那個孩子不瞭解狀況。」

大家議論紛紛，但沒有人否認自殺的可能性。雖然沒有人明說，但顯然都認為如果是自殺，這件事就簡單多了。因為如此一來，村莊就不必負太大的責任。

青江回想著和山田之間的談話。山田只告訴吉岡，那個地方很危險，當時吉岡太太和他們的兒子並不在場。吉岡故意不告訴他們，帶他們去那裡，一家三口走上絕路的可能性並非不存在。

不——

青江突然想起一件事，重新看著手上的資料。

「目擊地點在兩個不同的地方。」

青江說道，所有人的目光都集中在他身上。

「你在說哪件事？」攝津問。

「我是說發現屍體之前的事。旅館的人發現吉岡先生他們的車子還在停車場，大家就去找他們。有人在村莊的南側看到了吉岡先生，也有人看到他太太和兒子走向北側。在分頭尋找之後，才發現一家人倒在北側的空地上。這是當時的情況，沒錯吧？」

攝津和幾個人相互點了點頭，看著青江說：「沒錯。」

「為什麼吉岡先生一個人先去了其他地方？」

「為什麼……」攝津再度看著其他人。

「是不是有其他事？」田村說，「也許正在尋找適合一家人自殺的地方，但最後發現山田旅館告訴他的地方最理想，所以就去了那裡。之後，又打電話把母子找去那裡。事實上，吉岡太太的手機上有吉岡先生曾經打電話給她的記錄。」

「要怎麼判斷那個地方適不適合自殺？在找容易產生硫化氫氣體的地方嗎？他這麼做的時候，難道沒想到可能只有自己中毒身亡嗎？」

「你對我這麼說，我也……」

田村露出求助的眼神看著其他人，但沒有人發言。

6

會議結束後，青江和奧西哲子兩個人去看了需要特別注意的地方。青江用氣體濃度計測量，奧西哲子負責記錄青江朗讀的數值。他們的背包裡裝了防毒面具和護目鏡，隨時可以戴起來。

在民宅密集的區域，濃度計幾乎沒有反應，難怪這裡的居民不願撤離。

「教授，」奧西哲子碰了碰青江的腰，「你看。」她的視線看向前方。

青江順著她示意的方向看去，倒吸了一口氣。因為那個女人——桑原在意的那個女人在那裡。她正在禁止進入的牌子前和負責站崗的員警說話。

當青江和奧西哲子走過去時，那個女人瞥了他們一眼，匆匆離開了，坐上了停在附近的車子。看車牌就知道是租來的車子。

「原來她租車來這裡。」奧西哲子目送車子迅速離去時說。

「是啊……」

如果她打算自殺，難道準備把車子丟在這裡嗎？青江忍不住思考這個問題。

「辛苦了。」他向站崗的年輕員警打招呼，雖然員警穿著保暖外套，但一直站在寒冷的天空下應該很痛苦。員警露出一絲柔和的表情，向他們鞠了一躬。

青江拿出名片自我介紹後問員警：「請問剛才的女人和你說什麼？」

「她問火山氣體的事，問現在是不是還有危險的氣體，還有哪裡最危險。」

「你怎麼回答？」

「我說目前各方人馬都在詳細調查，在瞭解明確的結果之前，所有可能有危險的地方都禁止進入……」員警木訥地回答後，露出窺視的眼神問：「這樣回答有問題嗎？」

「不，這樣沒問題。」

年輕員警聽了青江的回答，露出鬆了一口氣的表情。他們也第一次遇到這種狀況，不知道該如何應對，很擔心不當言行會造成恐慌。

之後，青江和奧西哲子兩個人繼續在村莊內四處察看。村莊雖然不大，但有些地方結了冰，為了避免滑倒，所以移動的時間也拉長了。

當他們來到村莊南端時，看到一座古老的神社。

「啊，就是這座神社。」奧西哲子恍然大悟地說。

「這座神社怎麼了？」

「今天上午開會時，不是曾經提到嗎？在發現遺體之前，吉岡先生一家人的行蹤。他太太和兒子走向村莊北側，有人看到吉岡先生在南側。」
「這我知道，和這座神社有什麼關係？」
奧西哲子心浮氣躁地微微皺起眉頭。
「你昨天沒聽到攝津先生說嗎？有人看到吉岡先生在神社旁抽菸。」
「喔。」青江點了點頭，「妳這麼一說，我想起來了。」
「聽山田先生說，吉岡先生問他適合散步的路線，他告訴吉岡先生，往南走，可以走到神社，所以吉岡先生就實際走來這裡察看。」
「他為什麼一個人來這裡？」
「我怎麼知道？」
青江看了氣體濃度計的數值，發現幾乎是零。青江並不意外，因為上次調查時，也沒有發現這一帶有火山氣體。
吉岡為什麼一個人在這裡抽菸？如果他在找一家自殺之處，這裡根本沒有硫磺味。
他們走回村公所附近時，看到攝津正站在路旁和一個中年女人說話。他發現了青江他們，叫了一聲「教授」，向他們招手。
「我來介紹一下，這位是在意外當天曾經看到吉岡太太和他們兒子的佐藤太太。」
「喔，原來是這樣啊。」青江看著那個女人，佐藤太太身材微胖，臉也很圓。

「剛才剛好在這裡遇到佐藤太太，所以請她回想一下當時的情況，像是那對母子的神情之類的。」攝津說。

「有沒有想起什麼呢？」青江問佐藤太太。

「即使現在問我……」佐藤太太偏著頭，「因為只是擦身而過，所以我不太記得了，聽到他們提到鳥居，但他們走的方向和神社相反。」

「鳥居？除此以外，他們還說了什麼？」

佐藤太太皺著眉頭，搖了搖手。

「我不是說了嗎？只是擦身而過，沒聽到他們說其他的話。」

那倒是。青江也不得不表示同意，能夠聽到片言隻字，已經很厲害了。

「可以了嗎？我還要去買菜。」佐藤太太說。

「啊，可以了，謝謝妳。」青江向她道謝。

佐藤太太轉身離開了，但立刻停下腳步，轉過身，目不轉睛地看著奧西哲子的手。奧西哲子手上拿著板夾，上面夾著記錄各個地方氣體濃度的資料。

「怎麼了嗎？」

青江問，佐藤太太一臉思考的表情走了回來。

「我記得當時手上好像拿著紙。」

「紙？」

「那個兒子，我記得他走路時兩手像這樣拿著紙。」佐藤太太做出雙手拿紙的姿勢。

「怎樣的紙？」

「怎樣的紙……應該是普通的白紙吧。對不起，我真的不記得了。」

「普通的紙……」

「對不起，沒辦法提供像樣的線索。」佐藤太太說完，轉身離開了。

「不好意思，」攝津摸著頭，「看來沒必要特地叫住你們。」

「不，沒這回事。」

三個人一起走去村公所的路上，青江看到一樣東西，停下了腳步。路旁的一塊牌子上畫了村莊的地圖，他看著代表神社的鳥居符號時，突然靈光一閃。

「該不會……」青江轉身沿著來路走了回去。

「你要去哪裡？」奧西哲子追了上去，攝津也跟在後面。

「剛才的神社，也許會找到意想不到的東西。」

「什麼意想不到的東西？」

「這個啊，」青江停下腳步，「要找到了才知道。」

「什麼？」

「總之，要趕快去看看。」青江小跑起來。

回到神社後，青江巡視周圍。這裡和發生意外的地點一樣，積雪都堆在道路兩旁。他走動時仔細觀察著積雪的表面。

「你到底在找什麼？」奧西哲子問。

「記號。」

「記號？」

「如果我的推理正確，某個地方應該會有記號。」

青江在回答的同時，在積雪表面尋找，但他甚至不知道會是什麼記號。

不一會兒，青江終於停下了腳步。因為他看到雪地上放了樹枝。兩個交叉的樹枝形成了X字。

他拿開樹枝，用戴著手套的手在雪地裡挖了起來，很快就挖到了。有什麼東西埋在雪地裡了。

他拿出的東西裝在塑膠袋裡。

「啊！」身旁的奧西哲子叫了起來。

「教授，這是……」攝津說到一半，似乎也不知道接下來該說什麼。

「攝津先生，必須馬上找一樣東西。」青江說。

7

太陽開始下山時，才接到攝津的電話，說東西找到了。青江和奧西哲子在村公所等待，攝津很快就回來了。

「因為那裡很危險，所以請員警穿上防護衣後尋找，果然掉在雪地的空洞內。」攝津說完，遞給青江一張紙，「因為警方還要調查，所以那張紙就交給他們了，這張是影本。教授，你太厲害了，和你推理的一樣。」

青江接過影本一看，忍不住倒吸了一口氣。正如攝津所說，上面畫的內容和他預期的完全一樣。

那是一張簡單的地圖，用幾條線代表道路，同時還有代表樹林和房子的圖，還有鳥居符號，以及在鳥居不遠處的X記號——

吉岡一家人辦理退房手續時，少年對山田說：「等一下要玩遊戲。」青江一直很在意他要玩什麼遊戲。

聽到佐藤太太說「兒子走路的時候，手上拿著攤開的紙」，之後又看到畫了村內地圖的牌子時，終於靈光一現。他們是不是要玩尋寶遊戲？少年走路時拿的紙，會不會是標示了寶藏地點的尋寶圖？

誰畫了那張地圖？應該不是和少年一起行動的母親，所以應該是父親畫的。這麼一想，就搞不懂為什麼只有父親一個人在南側的神社旁。他在那裡幹什麼？

他是不是在等待兒子和妻子出現？因為藏寶地點就在那附近。只要按照地圖前進，就應該會走到那裡。地圖上的鳥居符號就是代表神社。

但是，妻子和兒子遲遲沒有出現。吉岡忍不住擔心，開始找他們。最後來到村莊的北側，看到了那座祠宇。他心想不妙，繼續往前走。因為他擔心兒子以為地圖上的鳥居符號就是代表那座祠宇。

吉岡來到那片空地，看到妻子倒在地上，而且發現兒子掉進了空洞。他想要救他們母子，但吸入了硫化氫氣體，當場昏了過去。

少年和母親吸入硫化氫氣體的原因很簡單，那就是因為看錯了地圖。不幸的是，那片空地上豎了X記號的樹枝，那是顯示鏟雪車進入的極限。少年想要挖那裡的寶藏，結果踩進了雪地的空洞。

「好幾個不幸的巧合湊在一起。」奧西哲子看著地圖的影本，用沉痛的聲音小聲地說。

青江看著會議桌上，桌上放著裝在塑膠袋裡的東西。

裡面是一個嶄新的棒球手套，還附了一張寫了「生日快樂」的卡片。

8

回到旅館，天色已經一片漆黑。正在櫃檯的山田鞠躬對他們說：「歡迎回來。」

「終於瞭解到令人痛心的真相了。」

青江說完這句開場白後，把造成吉岡一家悲劇的原因告訴了山田。山田聽了，忍不住目瞪口呆。

「原來是這樣啊，真是太令人痛心了。」山田皺著眉頭，痛苦不已。

「全都怪禁止進入的牌子倒了，所以，已經請相關單位重新確認危險的地方是否有明顯的標示。」

「是嗎？我以後也要更加明確告訴客人，千萬不要靠近這些地方。」山田一臉嚴肅地說。

青江和昨天一樣，在晚餐前去大浴場泡澡暖和一下。他泡在浴池裡伸展手腳時，入口的門打開了，桑原走了進來。「啊喲，又遇到了。」桑原向他打招呼，青江也只好說：「你好。」

「調查的情況怎麼樣？」桑原擠到青江旁問。

「還算差強人意。」

青江覺得沒必要告訴他意外的原因，而且也沒有提看到那個女人的事。因為很怕他又問東問西。

青江正在洗身體，桑原說了聲：「那我先走了。」然後就離開了。沒想到他才泡一下就結束了，還是說，他的泡澡習慣是短暫而頻繁？

當青江穿好衣服，走出大浴場時，在走廊上看到了桑原。他站在窗邊，正在講電話。他瞥了青江一眼，立刻掛上了電話。

「真是傷腦筋，工作的電話竟然追到這裡來了。」

「那還真辛苦啊。」

關我屁事。青江在心裡嘀咕。

桑原看著窗外，「咦？」了一聲。

「怎麼了？」

「那個女人，她要去哪裡？」

青江站在桑原身旁，低頭看著窗外。一個女人走在空蕩蕩的路上，從背影看來，的確像是那個女人。

「這麼晚還一個人出門，到底有什麼事？真讓人在意啊。」桑原喃喃說道。

會不會是把什麼東西忘在車上了？青江雖然這麼想，但並沒有說出口。因為他懶得向桑原說明，為什麼知道她租車來這裡。

「不知道啊。」青江只說了這句話，就離開了窗口。

他回房間後，走去餐廳。奧西哲子還沒有來，他正在猶豫要不要點啤酒，奧西哲子走了進來。

「真難得啊，妳竟然會遲到。」

「不好意思，因為我想拿一份村莊的地圖，所以去一樓找了一下，結果沒找到。」

「村莊的地圖？為什麼要地圖？」

「因為我想你在寫這次意外的報告時，可以用來參考。」

「報告？我才不打算寫這種東西。」

奧西哲子推了推黑框眼鏡說：「我覺得你寫一下比較好。」

「為什麼？」

「因為可以發揮宣傳作用。因為地球化學的知名度相當低。」

「呃。」青江一時語塞。

「對了，我遇到那個人了，那個奇怪的人，是不是叫……桑原先生？」

「妳也遇到他了嗎？我也在大浴場遇到他。他在一樓做什麼？」

「不是在那裡做什麼，而是經過那裡，他去外面了。」

「什麼？」青江看著奧西哲子，「他去外面？」

「對啊，這種時間一個人出去，不知道有什麼事。」

「該不會……去找她了？」

「找誰？」

青江把剛才走出大浴場時和桑原之間的對話告訴了奧西哲子。

「是嗎？原來那個女人一個人，但他竟然會去找她，看來很執著啊，明明他太太也一起來了。」

「真有點擔心，希望他們不會去危險的地方。」

青江越想越覺得不對勁。桑原或許對那個女人一見鍾情，但如果擔心她會自殺，不是應該報警嗎？

「奧西，不好意思，可不可以跟我來一下？」青江站起來問。

「好啊，要去哪裡？」

「我去問桑原太太，也許桑原先生因為其他原因外出。」

走出餐廳後，找到了山田，打聽了桑原夫婦住的房間。他們住在比青江他們高一個樓層的房間。來到他們住的房間門口，敲了敲門，聽到一個女人的聲音說：『來了。』門很快就打開了。

「……有什麼事嗎？」桑原太太一臉不安地探頭問。

「妳先生出去了，請問他去幹什麼？」

桑原太太聽了青江的問題，訝異地皺起眉頭，「你為什麼問……？」

「妳也知道，目前村莊內有些地方很危險，盡可能不要外出，更何況是這種時間。如果方便的話，是否可以告訴我，妳先生外出的理由？」

桑原太太吞著口水。

「理由……我不知道。」

「妳不知道？妳沒問他嗎？」

「他做事向來都我行我素，什麼都不告訴我……所以，那個、我不知道。對不起，可以了嗎？我累了。」

「不、但是——」

門砰地一聲關上了，打斷了青江的話。

「這是怎麼一回事？她先生一個人離開旅館，她不問理由嗎？」

青江偏著頭，正準備離開，但奧西哲子沒有跟上來。青江訝異地回頭看她，發現她一臉可怕的表情盯著青江。

「怎麼了？」

奧西哲子緩緩開了口。

「她是不是剛哭過？」

「什麼？」

「她左手握的手帕濕了，你不覺得她的眼睛也很紅嗎？」

青江眨了眨眼。雖然他沒有發現手帕的事，但桑原太太的眼眶的確有點紅。

「而且，」奧西哲子繼續說著，「她握著手帕的手在顫抖，好像在害怕什麼。她是不是知道接下來要發生的事，所以感到害怕？」

青江大吃一驚，立刻理解了女助理想要說什麼。

他再度敲著門，喊著「桑原太太、桑原太太」。

門又打開了，桑原太太探出頭。她的眼睛的確充血，而且比剛才更紅了。

「請妳告訴我，妳知道妳先生為什麼離開旅館，對嗎？妳知道他想幹什麼吧？」

青江質問道，她的臉皺成一團，雙腿一軟，哇哇放聲大哭起來。

在青江質問桑原太太的三十分鐘後，警察找到了桑原。在這次意外的現場發現他時，他正在拚命挖雪。他似乎以為只要挖雪，就會有硫化氫氣體外洩。

青江在村公所的會議室見到了滿臉憔悴的桑原，警方和消防人員也都在場。他們接到青江的通知後立刻出動，展開了搜索。

「可不可以請你說明一下？雖然我已經猜到了大致的情況，但還是希望你親口說出真相。」

桑原聽了青江的話，用力點了點頭，然後小聲地說出以下的內容。

他經營的公司業績惡化，已經面臨破產的命運。他欠下大筆債務，連住家都保不住了，但他並不在意這件事。最令他痛苦的是一旦公司倒閉，會對不起那些曾經照顧他的人，不光是金錢方面的問題，他更覺得愧對用各種方式支持他的人。

於是，他想到了保險金。他投保了鉅額保險，決心偽裝成意外自殺。雖然他太太反對，但他說服太太，這是唯一的方法。

他想到了好方法。他之前曾經來過灰堀溫泉，聽說這裡是火山氣體會外洩的危險地區，於是他認為即使在這裡中毒身亡，也沒有人會懷疑他是自殺。

於是，他預約了旅館，沒想到發生了意想不到的事。竟然有一家人搶先意外身亡了。桑原著急起來，發生意外之後，一定會加強監視。即使順利躲過監視，別人也會對為什麼要特地闖入危險的區域產生質疑，於是就會懷疑他是自殺。

他煩惱了很久，最後決定製造一個神祕的自殺者。他為了阻止那個人自殺而去四處尋找，不小心闖入了危險地區，導致中毒身亡。這就是他編的劇本。

於是，他立刻僱用了認識的酒店小姐配合他演戲。只要在溫泉地按照自己的指示行動，就給她十萬圓——酒店小姐答應了。桑原當然沒有告訴她計畫的詳細內容。

必須要有證人，這個故事才能成立。他之所以挑選青江，當然是因為酒店小姐來旅館時，青江剛好在場，但青江是正在調查意外的學者這件事也幫了很大的忙。因為青江比普通旅客更瞭解火山氣體的危險性。桑原猜想青江聽到自己說，神祕的女人可能想要自殺，一定會認真對待。

讓青江看到酒店小姐一個人走出旅館當然也是事先安排好的。當青江走出大浴場時，桑原正在打電話，他打電話的對象正是那個酒店小姐。為了讓青江看到酒店小姐，他用電話聯絡，告訴酒店小姐走出旅館的時機。

那個酒店小姐目前開著租來的車前往車站後，應該已經搭上了前往東京的列車。如果快的話，明天的新聞中或許就會看到桑原的死訊，但桑原猜想她不會告訴警察，自己接受了怎樣的委託。

桑原坦承一切後，有好一陣子，沒有任何人說話。大家都在等待青江開口。

青江嘆了一口氣後說：「你真是笨蛋。」

桑原的肩膀抖了一下，青江低頭看著他，繼續說道：

「我不關心你死在哪裡，用什麼方法去死，你想死就去死。但是，我要告訴你一句話，絕對不要把自殺偽裝成意外。如果想自殺，就留下遺書，否則會為整個村莊帶來麻煩，你把村民的生活當成什麼了！」

桑原的腦袋動了一下，不知道他在點頭，還是垂下了腦袋。

9

青江在接到D縣警室田的請求隔天，抵達了赤熊溫泉車站。他搭了早上第一班電車來到這裡。室田說，他會在月台上等青江，所以青江下了電車後巡視周圍，但並沒有看到像室田的人。

他在無奈之下，只能坐在長椅上等待。木製的長椅冰冷，一屁股坐上去後，一陣寒意穿越背脊。

月台上沒什麼人，只有一對母女，和一個穿著登山夾克的年輕人。年輕人用登山夾克的帽子包住了頭。他們正在等和青江剛才搭的那班車反方向的電車。

小女孩不知道從哪裡拿出了一個五彩繽紛的東西玩了起來。是很懷舊的紙氣球。她靈巧地讓紙氣球在她手上彈跳著。

突然一陣強風吹來。冰冷的風一下子冷到骨子裡，青江忍不住縮起身體。

他聽到「啊」的一聲，小女孩抬頭看著天空。青江也順著她的視線望去，發現紙氣球飛向空中，似乎被剛才的那陣風吹走了。

真可憐。青江心想。紙氣球應該會掉落在鐵軌上。

這時，戴帽子的年輕人採取了行動。他移動了數公尺站在月台邊，向前伸出右手。飄在空中的紙氣球輕輕落在他的右手上。

青江眨著眼睛。剛才是怎麼一回事？那個年輕人做了什麼？他接住了被風吹走的紙氣球。就只是這樣而已嗎？他看起來就像事先知道紙氣球掉落的位置，然後輕輕伸出手——

「給妳。」年輕人把紙氣球交給了女孩。「謝謝。」女孩向他道謝。年輕人的臉被帽子遮住了，所以看不清楚。

「請問是青江教授嗎？」突然有人對他說話，兩個男人跑了過來。

「我就是。」青江站了起來。

「不好意思，我們遲到了。因為被一些事情耽擱了，我就是打電話給你的室田。」方臉濃眉，讓人聯想到木屐的男人在說話的同時遞上了名片。

「很高興認識你。」青江也遞上了名片。

這時，電車進站了。是一輛只有四節車廂的電車。

「教授，謝謝你千里迢迢來這裡提供協助。」

室田介紹了身旁的男人。他姓磯部，是D縣環境保全課派來的職員。磯部戴著眼鏡，有點暴牙，就像是以前外國漫畫中畫的日本人。

「謝謝你的大力協助。」磯部深深地鞠躬。

「我們走吧，車子等在外面。」

青江在室田的催促下邁開步伐，不經意地回頭一看，那個年輕人和那對母女都已經上了電車。

他們搭了停在車站前的警車前往現場。一名年輕員警負責開車，室田坐在副駕駛座上。

「聽說是硫化氫導致中毒死亡，目前懷疑有他殺的可能性嗎？」青江輪流看著身旁的磯部和副駕駛座上的室田問。

「不，我在電話中也稍微提了一下，並沒有懷疑是他殺。」室田回答，「警方認為只是單純的意外，不太可能是其他的原因。只不過必須瞭解當地人對有可能發生意外這件事，是否採取了適當的措施，或是採取了何種程度的措施，也就是要調查是否有過失。」

「聽當地居民說，第一次發生這種意外。」磯部似乎在為居民辯護。

「赤熊溫泉可能是第一次發生，但其他溫泉之前也曾經發生過意外。既然這樣，就應該考慮到這裡也可能發生，採取雙重、三重的預防措施。」

室田的意見的確很正確，只不過青江無法輕易同意。對在這片土地上生活多年的居民來說，聞到硫磺味是很正常的事，不能因為他們沒有採取措施就認為他們有疏失。

青江不由地想起之前在灰堀溫泉村發生的事。這次也是因為好幾個不幸的巧合湊在一起，才會發生這樣的意外嗎？

警車停在登山道入口的牌子前，但目前已經拉起了封鎖線，前方無法通行。附近停了好幾輛警方的車，還有戴著防毒面具的員警站崗。

「不好意思，從這裡開始要走路。」室田說。

青江回答說：「沒問題。」

青江戴上事先準備的防毒面具和護目鏡後，和室田、磯部一起走在登山道上。他情不自禁地想起之前去灰堀溫泉村的事，但這次和當時有一個決定性的不同，那就是目前這裡還沒有下雪，這裡不像灰堀溫泉村那樣，雪地上有空洞。

中途，從登山道轉入了岔路。看起來不像是正式的路，可能是獸徑。

「死者為什麼走來這種地方？」青江問。

「好像是走錯路了。」室田回答，「死者和他太太打算去赤熊瀑布，但老實說，那裡根本稱不上是名勝。」

「原來是這樣。」

這就是第一個不幸的巧合嗎？青江暗想。

繼續往前走，來到一個細長形的窪地。左右兩側都是山，下方有一條溪谷。

幾個穿著保暖外套的男人正在作業，看到室田他們後點了點頭。可能是相關的工作人員。

室田停下腳步，「死者就倒在這裡。」

青江打量四周。這裡是窪地，比空氣更重的硫化氫的確比較容易聚集在這裡。

不知道意外是在怎樣的狀況下發生的。他正在思考這個問題時，突然浮現了一個疑問。

「你剛才說，死者和他太太在一起，他太太沒事嗎？」

「意外發生時，他太太並沒有和他在一起。」室田回答。

「沒有和他在一起？為什麼？」

「他太太說，走到這附近時，想到忘了帶相機的電池。於是她丈夫就留在原地，她一個人回去旅館了。當她回到這裡時，發現她丈夫倒在地上。她馬上聯絡旅館，叫了救護車。」

「相機的電池……」

「說起來，真是不幸中的大幸，」磯部開了口，「死者太太還很年輕，才三十歲左右。如果當時沒有離開，應該會和她先生一樣中毒身亡。」

「是喔……」

青江說話時一陣風吹來。風很強，即使有硫化氫氣體聚集在此，應該也會很快吹走。

青江看著細長形的窪地前方陷入了沉思。在怎樣的條件下，這裡聚集的硫化氫濃度會達到致死的程度？

不幸的巧合湊在一起——可以用這麼簡單的話解釋嗎？

但是，除此以外，並沒有其他可能。人為造成的可能性是零。除非這個世界上有可以稱之為魔力的東西——

不知道為什麼，他突然想起剛才看到的紙氣球。

完

國家圖書館出版品預行編目資料

魔力的胎動 / 東野圭吾作；王蘊潔譯 . -- 一版 .
-- 臺北市：臺灣角川，2018.07
面；　公分 . --（文學放映所；118）

譯自：魔力の胎動
ISBN 978-957-564-345-4(平裝)

861.57　　107008438

魔力的胎動

原著名＊魔力の胎動

作　　者＊東野圭吾
譯　　者＊王蘊潔

2018年7月31日　初版第1刷發行

發 行 人＊岩崎剛人
總 經 理＊楊淑媄
資深總監＊許嘉鴻
總 編 輯＊呂慧君
主　　編＊李維莉
美術設計＊邱靖婷
印　　務＊李明修（主任）、黎宇凡、潘尚琪

台灣角川

發 行 所＊台灣角川股份有限公司
地　　址＊105台北市光復北路11巷44號5樓
電　　話＊（02）2747-2433
傳　　真＊（02）2747-2558
網　　址＊http://www.kadokawa.com.tw
劃撥帳戶＊台灣角川股份有限公司
劃撥帳號＊19487412
法律顧問＊寰瀛法律事務所
製　　版＊尚騰印刷事業有限公司
I S B N＊978-957-564-345-4

香港代理＊香港角川有限公司
地　　址＊香港新界葵涌興芳路223號新都會廣場第2座17樓1701-02A室
電　　話＊（852）3653-2888